Fios do Destino
Determinam a Vida Humana

ROSELIS VON SASS

Fios do Destino
Determinam a Vida Humana

7ª Edição

ORDEM DO GRAAL NA TERRA

Editado pela:

ORDEM DO GRAAL NA TERRA
Caixa Postal 128
06803-971 – Embu das Artes – São Paulo – Brasil
www.graal.org.br

1ª edição: 1986
7ª edição: 2012

Dados Internacionais de Catalogação na Publicação (CIP)
(Câmara Brasileira do Livro, SP, Brasil)

	Sass, Roselis von, 1906–1997.
S264f 7ª ed.	*Fios do destino determinam a vida humana* / Roselis von Sass. – 7ª ed. revisada – Embu - SP : Ordem do Graal na Terra, 2012.
	ISBN 978-85-7279-092-5
	1. Contos brasileiros I. Título.

86-0545   CDD-869.935

Índices para catálogo sistemático :
1. Contos : Século 20 : Literatura brasileira 869.935
2. Século 20 : Contos : Literatura brasileira 869.935

Direitos autorais: ORDEM DO GRAAL NA TERRA
Registrados sob nº 36.996 na Biblioteca Nacional
Copyright © ORDEM DO GRAAL NA TERRA 2008

Impresso no Brasil
Papel certificado, produzido a partir de fontes responsáveis

Não existe nenhum destino e nenhuma doença que a própria pessoa não tenha atraído para si.

Roselis von Sass

"Vê, criatura humana, como tens de caminhar através desta criação, para que fios de destino não impeçam, mas auxiliem tua ascensão!"

Abdruschin
"NA LUZ DA VERDADE"
(Volume 3)

PREFÁCIO

O presente livro constitui-se numa coleção de narrativas e contos escritos por Roselis von Sass há mais de vinte anos.

No entanto, apesar de já terem sido escritos há tanto tempo, eles são da maior atualidade, pois trazem enfoques extraordinários a respeito do "outro lado da vida".

Para muitas e muitas pessoas a leitura deste livro será de inestimável auxílio, ao elucidar de forma tocante os laços do destino que unem os seres humanos, mostrando como "tudo volta", no cumprimento da sentença secular:

"Aquilo que o ser humano semeia, terá de colher."

Embu, janeiro de 1986.
ORDEM DO GRAAL NA TERRA

MINHA ALMA TE PROCURA, MINHA ALMA TE CHAMA!

Um súbito ruído de pneus de automóvel violentamente freado, acompanhado de um grito agudo, chamou a atenção das poucas pessoas que passavam na Avenida Atlântica. O luxuoso carro de cor verde parou atravessado na avenida. Ao lado da roda dianteira, deitada, estava uma jovem em traje de banho. O acidente ocorreu quando o automóvel transitava em frente a um dos grandes hotéis, no momento em que a moça, sem observar o tráfego, atravessava a avenida para atingir a praia.

Pálidos de susto, acorreram para a jovem sua mãe e um moço, o qual soube-se posteriormente tratar-se do marido da vítima. Algumas pessoas aglomeraram-se em torno do carro. Um policial acercou-se para verificar e tomar as providências necessárias. Ao volante, paralisada, uma jovem loira foi imediatamente reconhecida pelos curiosos como sendo a cantora Yara Cortese.

A vítima foi imediatamente transportada para o hotel em frente ao local do acidente, onde um médico, felizmente presente, a assistiu, constatando inicialmente apenas uma fratura de tornozelo. No entanto, somente no hospital seria possível verificar se havia ferimentos internos. De qualquer modo, porém, era grave o estado emocional em que a paciente se encontrava.

O marido da vítima retornou precipitadamente à rua, a fim de pedir explicações ao motorista. Quando, porém, se aproximava viu que a causadora do acidente era uma pálida e amedrontada moça que, apanhada em flagrante, já vinha sendo conduzida por um policial na direção do hotel que acolhera a vítima. Sua ira desvaneceu-se, ao observar o olhar angustiado e desesperado da jovem loira. À primeira vista ela lhe pareceu conhecida, e ele pensou:

"Onde eu teria visto esses grandes olhos verdes?"

Enquanto ambos se olhavam, chegou a ambulância. A vítima foi rapidamente posta numa maca e transportada para o hospital. O marido, Alberto Fontes, acompanhou a maca, entrando também na ambulância. Sua jovem esposa, Celina Andrade Fontes, repousava com os olhos entreabertos. Já havia voltado do choque e estava consciente. Depois, fitando o rosto do marido demoradamente, balbuciou:

— Não me abandones!

— Nunca, respondeu Alberto, olhando carinhosamente nos olhos da esposa...

Celina recuperou-se lentamente. Necessitou de mais de uma semana para sair daquele estado emocional.

Não foram observadas lesões internas. A convalescença, porém, seria um pouco demorada em razão da fratura do tornozelo.

Yara Cortese ia diariamente ao hospital. As duas moças tornaram-se amigas. Celina havia reconhecido igual culpa no acidente. Não devia ter atravessado a avenida sem antes olhar para os lados.

Yara cantava na rádio, na televisão e atuava também no principal hotel de Copacabana. Sua nova canção era ouvida por toda parte. No texto e na melodia dessa canção havia algo de comovente. Os discos eram vendidos aos milhares. Todavia, não apenas sua voz famosa, mas também sua beleza delicada e límpida eram admiradas por todos. Yara vivia com sua mãe no décimo andar de um edifício na Avenida Atlântica.

Alberto tinha sofrido muito com o acidente de sua jovem esposa. Mas, apesar disso, não era capaz de sentir rancor por Yara Cortese. Ao contrário, começava a aguardar ardentemente pelos momentos em que poderia vê-la. Quando não a encontrava, o que era raro, punha-se a andar de um lado para outro, cheio de inquietação. Celina muitas vezes chorava por estar tanto tempo presa ao leito, mas ignorava que era Yara a responsável pelo repentino desassossego do seu marido.

Yara Cortese, igualmente, a cada dia ansiava mais por encontrar-se nas proximidades de Alberto. Não era sem espanto, mas com o coração cheio de felicidade que ela, pela primeira vez em sua vida, experimentava um grande amor. Celina e Alberto, porém, jamais deveriam perceber isso, pois já havia trazido demasiado sofrimento ao casal. Deveria deixar logo o Brasil, uma vez que Alberto já começava a procurá-la. Em breve, Alberto e sua mulher regressariam à fazenda no Nordeste, pois passavam quase sempre a metade do ano no Rio de Janeiro. Portanto, ela deveria afastar-se. Resolveu, por isso, aceitar um convite para cantar na Argentina.

Diante da súbita resolução de Yara em ausentar-se, sua mãe ficou perplexa, principalmente por saber que não poderia acompanhá-la, devido a uma flebite aguda.

Yara, porém, ficou indiferente a todos os argumentos da mãe. Queria partir. Cantaria apenas uma vez mais no hotel, na noite de gala em homenagem a um diplomata estrangeiro, e embarcaria.

Três meses já haviam transcorrido desde o dia do acidente. Quando Yara comunicou que viajaria em breve para a Argentina, Alberto experimentou uma estranha sensação.

Celina, por sua vez, manifestou igualmente o desejo de deixar o Rio, e Alberto imediatamente concordou. Queriam apenas ainda participar da última *soirée* de gala que Yara apresentaria no hotel, para, então, partirem no dia seguinte para o Nordeste.

Celina, a não ser por uma leve dor de cabeça, estava completamente restabelecida e sentia-se feliz devido ao seu amor por Alberto.

Na noite de gala, um grande público internacional reuniu-se no salão de festas do hotel. Habilmente iluminada pelos refletores apareceu Yara, trajando um vestido de suave cor rósea. A saia ampla e vaporosa, bordada com fios de prata, realçava a graça de seus movimentos, dando a impressão de que flutuava sobre uma nuvem de pétalas de rosas. Seu cabelo, de um tom loiro-claro, estava adornado com uma camélia cor-de-rosa. Para a maioria dos presentes, a cantora parecia uma figura de um outro e melhor mundo. Yara entoava a canção que tão profundamente tocava o coração de todos:

"Minha alma te procura, minha alma te chama!
Percorro espaço e tempo para permanecer contigo eternamente.
Cruzo terras e mares até que nos encontremos, para nos unirmos novamente!
Minha alma te procura, minha alma te chama…"

Terminada a canção, reinou por alguns segundos absoluto silêncio, para logo depois irromperem no salão aplausos estrondosos.

Celina secou furtivamente suas lágrimas, assim como fizeram também alguns conhecidos seus à mesa. O semblante de Alberto estava pálido, expressando sofrimento. Uma tormenta agitava-se em seu íntimo. Naquele momento sentiu intuitivamente e reconheceu de modo nítido os laços de amor que o ligavam a Yara. Quais ondas bramantes essa certeza o assoberbava. Seu punho se mantinha cerrado sobre a mesa, e o olhar fixo no lugar onde pouco antes estivera Yara.

"Minha alma te procura, minha alma te chama!" ressoava desesperadamente em seu íntimo...

Alberto então tomou uma decisão. Precisava vê-la a sós, pelo menos uma vez, antes de se separarem. Telefonaria para Yara logo na manhã seguinte para combinar um encontro.

E assim aconteceu. Na tarde seguinte, dirigiu-se à casa de Yara. A mãe da moça o recebeu e chamou pela filha.

Yara, em frente do espelho, tinha o coração palpitante. Precisava primeiro acalmar-se, para depois tentar conseguir coragem para aproximar-se de Alberto. Mecanicamente puxou seu vestido cinza-claro e levou as mãos ao coração, que batia aceleradamente... Finalmente, decidiu-se ir até à sala. Ao aproximar-se, notou que Alberto caminhava inquieto de um lado para outro. A mãe havia-se retirado para a cozinha, a fim de preparar um café.

Quando Yara parou no umbral da porta, Alberto parou também e, em silêncio, expressava no olhar todo o seu amor por Yara. Ela correu ao seu encontro. Alberto a abraçou e a conduziu à porta aberta que dava para a sacada.

— Yara, minha querida, olha o mar. Semelhante à ressaca selvagem e tumultuosa, assim está meu íntimo. Pertencemos um ao outro, estamos juntos, unidos, e apesar disso...

Yara ergueu os braços numa atitude de abandono, e Alberto estreitou-a como se não desejasse soltá-la nunca mais. A cabeça da moça repousava em seu peito, e lágrimas corriam pela face dela.

— Apesar de tudo... já houve em outra época, numa outra vida, compreensão e felicidade entre nós!... Para nós não haverá separação, Alberto! Nossas almas estão unidas para sempre.

— Quisera acreditar nisso, respondeu Alberto, contemplando o rosto de sua bem-amada. Longos e vazios serão os meus dias, quando te afastares de mim. Por que o destino nos teria unido, para logo depois nos separar? Por quê?...

Enquanto os dois enamorados permaneciam abraçados, um olhando para o outro, a mãe de Yara retornou à sala, trazendo uma pequena bandeja. No umbral da porta ela parou, estarrecida.

"Yara abraçada a um homem casado?" Podia agora compreender por que a filha queria, como em fuga, abandonar o país. Sem ser notada, retirou-se apressadamente e, do quarto ao lado, chamou a filha, avisando-a de que o café estava pronto. Assustada, Yara afastou-se de Alberto e foi até o quarto receber a bandeja das mãos da mãe, que em seguida se juntou a ambos na sala. Amava a filha com muita ternura; não consentiria, porém, que a pobre Celina viesse a sofrer ainda mais.

Alberto pediu a Yara que entoasse ainda uma vez a canção "Minha alma te procura, minha alma te chama!…" Retirar-se-ia logo depois. Yara sentou-se ao piano e cantou. Antes que o último acorde se perdesse, Alberto deixou a sala.

Na manhã seguinte Celina e ele embarcaram no avião que os levou ao nordeste.

Meses se passaram. Yara ainda estava na Argentina. Era, porém, a sua última apresentação em terra portenha. Viajaria em seguida para a América Central, onde iria cumprir novos contratos.

Nessa última noite na Argentina, ela usava aquele vestido cor-de-rosa bordado com fios de prata, e adornara o cabelo com camélias brancas. Como acontecia em todos os lugares, o público ficou profundamente comovido com suas canções. Especialmente essa que se tornou a sua canção de renúncia: "Minha alma te procura, minha alma te chama!…", que Yara era insistentemente convidada a reprisar. Nessa noite também foi assim.

Mal havia terminado de cantá-la pela segunda vez, abandonou correndo o salão e, com o rosto banhado em lágrimas, atravessou o parque do hotel, enveredando por um caminho pedregoso que conduzia a um pequeno riacho. Subiu lentamente uma elevação e, ao chegar ao topo, sentou-se junto a um velho pinheiro, debruçando-se sobre o tronco. Quanto tempo assim permaneceu ali, já não se lembrava. Repentinamente sentiu quão fria estava a noite. Havia abandonado o salão correndo, em estado de grande excitação, e agora se assustava ao sentir que seu corpo, devido aos calafrios, tremia. De repente, uma sensação febril começou a manifestar-se. Quando foi encontrada, após uma busca de várias horas, verificou-se que não tinha condições físicas para voltar andando. Foi imediatamente transportada para o hotel.

Apesar dos maiores cuidados, não foi possível salvar sua vida. Faleceu poucos dias depois, sem recobrar inteiramente a consciência.

Enquanto Yara lutava contra a morte em lugar longínquo, Alberto se achava em sua fazenda em Pernambuco. Certo dia, ao entardecer, ele deitara-se numa rede na varanda. Estava cansado e mantinha os olhos cerrados. Do salão, uma música de rádio bem suave chegava até ele. Precisamente naquele momento ouvia-se a canção: "Minha alma te procura, minha alma te chama!…" Alberto ouviu a canção com profunda tristeza, parecendo-lhe ver à sua frente Yara em pessoa. A luta que havia meses vinha travando ainda não estava abrandada. Uma pergunta nesse momento brotou de seu íntimo:

"Por que são tão estranhos os caminhos da vida e do amor? As pessoas se encontram, sofrem e se separam… Onde estaria a verdade de todas essas coisas inexplicáveis? Onde?…" Seu pensamento voltou-se então carinhosamente para sua esposa, a fiel Celina: "Como abandoná-la?"

Alberto sentiu-se perturbado e triste, até que uma outra pergunta surgiu em sua mente: "Seria possível construir a felicidade sobre o sofrimento de outrem?…"

Permanecia deitado, absorto em tais pensamentos, quando dele se aproximou sua velha ama. Trazia nas mãos um copo com água de coco. Consternada, porém, ela se virou e retornou correndo à cozinha.

— 'Sinhô tem visita. Uma mulé num vistido di baili tá lá cum ele'.

Celina, que naquele momento entrava pela porta dos fundos na cozinha, ouviu ainda as últimas palavras da ama. Rapidamente se dirigiu à varanda. Uma outra criada, toda curiosa, seguiu atrás da patroa. Ela também queria ver a mulher com o vestido de baile.

Na cozinha, a velha confirmava a visão que tivera:

— 'Uma mulé num vistido di baili tá i fora e parece cuma nuvi cor di rosa num céu di manhãzinha, num sabi?'

Celina nada via na varanda, a não ser seu marido deitado na rede. Olhou-o longamente. Alberto parecia sonhar. De seu semblante irradiava felicidade...

"Ou seria essa fisionomia de felicidade um reflexo do sol poente?"

Por mais uns instantes Celina olhou indecisa para aquela sinfonia de luz e de cor; depois, acercando-se do marido, tocou-o levemente no ombro e disse:

— Benedita afirma ter visto aqui na varanda uma mulher com vestido de baile. Sabe-se lá o que essa velha teria visto outra vez!

Sabia-se que às vezes lhe apareciam pessoas já falecidas.

Incrédulo, Alberto fitava sua mulher; levantou-se, olhou em torno e respondeu:

— Eu não vejo mulher alguma em vestido de baile.

— Nem eu, disse Celina, que se retirou, rindo.

Durante algum tempo Alberto ainda ficou ali parado, meditando. Em seguida procurou a velha ama e a segurou pelos braços.

— O que foi que você viu, Benedita?

— 'Num fiqui tão vexado; num carece mi agarrá tão firme, Albertinho. Vô dizê justo o qui foi qui vi', – protestou a velha, livrando-se de Alberto. – 'Uma moça dentro duma nuvinha rosada, como num céu di manhãzinha, tava parada na beira da rede. Tudo nela briava, sinhozinho! Os cabelu dela era tão arvo, tão arvo, como paia seca di mio...'

Alberto, lívido, deixou-se cair numa cadeira, os olhos fixos na sua velha ama. Ela já estava havia trinta e cinco anos na família e criara ele e seu irmão. E quantas vezes a velha já havia contado histórias de falecidos? Teria acontecido algo com Yara? Pois Benedita tinha descrito a aparição de tal maneira, que somente podia tratar-se de Yara com seu vestido róseo. De repente, levantou-se. Pareceu-lhe ouvir novamente a melodiosa canção...

Confuso, apoiou-se numa coluna da varanda e ficou olhando perdidamente para a extensa e ondulante plantação de cana. Seus pensamentos, porém, estavam longe, muito longe. Quando, finalmente, regressou ao salão, ouviu pelo rádio a voz do locutor noticiando que a conhecida cantora Yara Cortese falecera na Argentina!

Poucos minutos antes de seu falecimento, Yara havia acordado de seu estado de inconsciência. E com um olhar com que parecia divisar paragens longínquas, disse com voz fraca:

— Que Luz! Precisamos procurar a Luz da Verdade!... Todos nós...

A enfermeira inclinou-se para a moça. Não sabendo o que essas palavras queriam dizer, julgou que ela desejava ouvir a sua canção predileta: "Minha alma te procura, minha alma te chama!..." Por isso dirigiu-se imediatamente à vitrola e colocou o disco...

A melodia parecia haver chegado à consciência da agonizante, pois no seu semblante brotou um sorriso feliz. Ainda uma vez olhou ao redor, como que buscando o clarão daquela Luz que divisava... para depois inclinar a cabeça para o lado e expirar.

REVIVENDO O PASSADO

As cenas se passam no nordeste do Brasil, às margens do rio São Francisco, numa fazenda semiabandonada. A propriedade inteira não está em total abandono, mas sim a casa-grande e suas imediações, lugares "mal-assombrados" e, por isso, desertos.

Na casa-grande, outrora opulenta mansão, faltam as portas e as janelas. Os muros de alvenaria também sofreram os efeitos do tempo. Hoje ameaçam ruir. Em suas frestas proliferam lagartixas esquivas amarelo-reluzentes.

A cem metros de distância estão os escombros da antiga senzala, recobertos por trepadeiras diversas, oferecendo a impressão de um túmulo enorme.

Plantas verdejantes vicejam em redor de um poço vizinho. É preciso afastar o mato emaranhado da abertura, para se poder admirar os lindos azulejos da era colonial que lhe guarnecem a borda.

À direita daquela tapera florescem ipês seculares que, com suas flores anuais de um ouro vibrante, contrastam com a tristeza dos escombros.

À esquerda parece ter havido, nos bons tempos, um esplêndido pomar. Restam apenas laranjeiras e cidreiras praguejadas, ao lado de marmeleiros decadentes.

Para os lados do sul sobrevivem espécimes de coqueiros, amostras de um extinto palmeiral que se estendia até o rio.

De todos os lados, árvores seculares. Teriam sido frondosas em dias passados; hoje, coitadas, estão desaparecendo. Em seus galhos desnudos pousam urubus ariscos, corujas e morcegos fugidios.

A monotonia da paisagem é interrompida subitamente com a presença real de uma jovem, sentada num banco de pedra ao lado da entrada principal do casarão. Absorta, ela contempla o panorama verde-esmeralda das adjacências. Pressente-se nela a nostalgia de quem passara seus dias ali, em outra vida.

Misturado ao cheiro acre do capim-gordura, as velhas laranjeiras espalham seu perfume na tarde tropical. Colibris esvoaçam alegremente sobre trepadeiras vermelhas, introduzindo seus biquinhos afilados no cálice das flores. Sobre a casa, em revoada, passam bandos de maracanás soltando gritos estridentes.

Como que se evadindo do passado, a jovem desperta do entorpecimento e fala ao negro que se encontra próximo:

— Não consigo acreditar que esta casa esteja povoada de espíritos maus. Que pensa você de almas penadas, Benedito?

O negro agitou-se, confuso, pois o assunto não lhe agradava. Finalmente, respondeu:

— Nesta casa foi assassinado o bisavô do "seu" Fernando, todo mundo sabe; a sinhá Arminda também sabe disso.

A jovem sorriu e prosseguiu:

— O que quero saber é se você acredita que haja ruídos nessa tapera. Várias pessoas dizem isso. Algumas até contam que foram "tocadas" daqui pelas almas do outro mundo.

— Eu, sinhá, sou um negro velho que acredita em coisa que branco não acredita. Ontem coloquei nessa casa uma imagem de São Judas Tadeu. Acredito que ele possa ajudar. Outros santos que eu botei lá dentro não foram respeitados pelos espíritos, e o barulho continuou.

Arminda reclinou a cabeça, cerrou os olhos e adormeceu.

Benedito calou-se, satisfeito. Acendeu o cachimbo de barro, para distrair-se. O assunto, francamente, o impressionava mal.

Arminda dormia. Sonhou. Teve um sonho vivo, palpitante, de uma tremenda realidade, sobre o século passado. Ouviu alguém chamá-la. Era ela, sim, que chamavam, só que com o nome de Jandira.

"Vê, Jandira, o que aconteceu. Teu marido Lourenço – atualmente Fernando, teu noivo – foi assassinado aqui, no século passado."

A cena prosseguia semelhante a um filme. Arminda ouviu o bater de asas. Uma arara vistosa pousou próximo dela. (Arminda, em outra encarnação, possuía uma arara. Gostava de vê-la escorregar no azulejo do poço, tentando teimosamente andar de um lado para outro.)

Coisa estranha: hoje não experimentava o antigo encanto da cena, pelo contrário, estava apreensiva. Viu a seu lado a velha mucama de nome Babá. Na cena, Babá acreditava, como em outras oportunidades, que o mal-estar de sinhá-moça resultasse dos rigores do calor ou do vento.

A sinhá, porém, sabia intimamente os motivos de suas apreensões. Estava preocupada com a demora do marido. "Que andará fazendo o Lourenço lá pela lavoura? Não havia dito serem muito rebeldes os novos escravos que adquirira, sendo necessário até os meter no tronco? Poderiam matar Lourenço a pancadas."

E lágrimas verdadeiras deslizavam pela face de Arminda durante o sono, ao pensar saudosa no marido com quem vivera apenas quatro anos, num imenso amor. A figura de Lourenço surgira-lhe diante dos olhos flamejantemente. Sentiu desejos de fugir da fazenda. Sentia-se insegura, rodeada de espíritos maus. Levantou-se resoluta, pondo-se a correr pelo jardim em direção à lavoura. Já ia atravessando o riacho, quando ouviu a voz de Babá, que lhe anunciava em altos brados:

"Sinhá, o sinhô Lourenço chegou!"

Arminda, ainda em sonho, ergueu rápida e inconscientemente as mãos numa prece. Voltou correndo. No meio do caminho encontrou a serviçal negra, que lhe vinha ao encontro entre zangada e aflita.

"Com um calor desses só mesmo gente desmiolada corre como galinha assustada para o mato", ponderou seriamente a serviçal.

A reprimenda de Babá atuou direta e beneficamente sobre a moça. Esta, para a velha negra, continuava ainda a mesma criança que amamentara e educara. Ambas regressavam em direção a casa, em boa harmonia, mas quando se aproximavam da residência pararam atônitas. Jandira ficou branca como cera, e a velha negra perdeu a fala. Vários dos escravos comprados recentemente corriam casa adentro. Um tropeçou e caiu. Do lado de fora vinham rumores intensos.

Babá retornou a si. Notando que Jandira permanecia estarrecida, agarrou-a pelo pulso e arrastou-a consigo. Lourenço jazia no chão, com o rosto numa poça de sangue. Os escravos da casa corriam, desnorteados, gritando e chorando. Um dos rebeldes parou em frente à porta da cozinha, enquanto outros fugiam na direção do rio.

Num instante a serviçal percebeu tudo. Pôde ver ainda o assassino, indeciso, olhar para trás. Jandira, esta, só via o marido ensanguentado. Um apelo angustioso brotou-lhe da alma: "Lourenço!" Nessa altura do sonho o negro Benedito, que se achava ao lado dela, assustou-se.

Por que teria sinhá Arminda gritado "Lourenço"? Que sonho mau teria tido? Talvez fosse melhor despertá-la. Não era mesmo aconselhável permanecer tanto tempo nesse local, onde almas penadas não respeitavam nem os santos. Puxando Arminda pelo vestido, ele se justificou:

— É hora de ir, sinhá! Sinhô Fernando chega e vai se zangar com negro velho.

Ainda perturbada, a moça olhou em redor e seguiu Benedito sem retrucar, perguntando apenas:

— Quanto tempo dormi, Benedito?

— Muito pouco, sinhazinha.

E depois de uma pausa:

— Por que sinhá chamou Lourenço? Não é bom evocar esse nome. O bisavô de sinhô Fernando, seu noivo, chamava-se Lourenço.

A jovem calou-se. Desconhecia a possibilidade de se poder ter sonhos assim tão nítidos. Como que atraída pela cena, voltou-se para trás.

Onde estariam a arara e a borda do poço? Contrafeita, meneou a cabeça. Naturalmente que não podia encontrar-se lá arara alguma. Como, se a borda do poço achava-se coberta por um matagal?

A moça andou depressa à frente do negro, ansiosa por ver Fernando, seu noivo, para lhe narrar o sonho.

Fernando já a aguardava inquieto. Quando Arminda o avistou, teve a perfeita impressão de ver Lourenço, não Fernando. A fisionomia do noivo pareceu-lhe outra, a mesma do assassinado.

Confusa, baixou os olhos, depois lhe narrou as cenas que presenciara em sonho.

Fernando ouviu entre sorrindo e gracejando, embora algo de estranho lhe tocasse o íntimo.

As conhecidas palavras do teatro inglês ressoavam-lhe ao ouvido:

"Há mais estrelas no céu e mistério na Terra do que sonha tua vã filosofia."

Depois reagiu contra aquela "fraqueza":

— Não te preocupes, querida. Dentro em breve nada mais existirá do antigo. Os escravos amotinados terão de procurar outro sítio. A tapera será demolida, e no seu local serão construídas novas casas para os trabalhadores. O passado será apagado, e o Benedito não sentirá mais necessidade de levar para a casa-grande os santos de sua devoção.

Arminda, sorrindo, apertou fortemente a mão do noivo. Assaltou-lhe um medo inconsciente de perder Fernando. De que valia o amor, quando a fatalidade intervinha?

À noite, acomodada no leito, sentia o perfume das flores de laranjeiras, e em seus ouvidos repercutiam vozes e sussurros do velho poço. A grande arara continuava lá, pousada sobre a borda. Mentalmente a jovem ainda se via sentada à beira do poço, em frente a casa, ao lado de Lourenço. O sonho fora tão nítido, que ela identificava as duas individualidades numa só; de fato, tratava-se espiritualmente da mesma pessoa.

Embalada em róseos pensamentos, irradiando felicidade, adormeceu outra vez.

Afinal, Lourenço lhe pertencia de novo.

À SOMBRA DE UMA CAPELINHA

Desde a época de D. Pedro I, o grande casarão erguia-se numa das florescentes cidades do interior de São Paulo. No decorrer do tempo, a casa fora diversas vezes reformada, servindo por fim como escritório de uma fundação beneficente. Essa casa, que pouca atenção havia suscitado até então, tornou-se de um momento para outro célebre, ou, melhor dizendo, "barulhenta"... porque os funcionários da fundação afirmavam ouvir ruídos inexplicáveis. Em outras palavras: dizia-se que a casa era mal-assombrada.

Sobre a causa e o motivo dessas estranhas ocorrências foram feitas muitas conjecturas. Falou-se de velhos cemitérios, de assassinatos e de cruéis castigos infligidos a escravos. Também foram citados casos de almas presas à Terra... Além disso, alguém se lembrou de ter ouvido falar também de uma capelinha que, presumivelmente, existira no mesmo lugar em que foi construída a casa mal-assombrada. Dizia-se ainda, entre outras coisas, que essa capelinha tinha ligação com algum assassinato... A rigor, porém, ninguém sabia de nada.

Um juiz de paz aposentado poderia contar a história dessa capela, uma vez que havia sido construída por um dos seus antepassados. Ele, contudo, achou melhor calar-se. Mais tarde, todavia, em virtude de um de seus netos, homem já casado, estar espalhando uma história fantástica sobre essa capela, resolveu reproduzir o que tinha ouvido de seu pai:

— Há cerca de duzentos anos, o nosso antepassado Domingos Pina, um abastado negociante português, vivia com sua família na grande vila de Piratininga. Junto deles vivia também um jovem índio, Antônio, que sempre acompanhava os filhos já crescidos da família em suas longas cavalgadas. Aconteceu um dia, porém, que a única filha do comerciante, Maria Vitória, desapareceu com Antônio.

Embora Antônio fosse tão instruído como qualquer português daqueles tempos, devido à escola de missionários, o pai da moça não se conformou com o procedimento de ambos. Amaldiçoou a filha e declarou-a morta.

Decorridos vários anos, Domingos Pina transferiu seus negócios para o filho mais velho e mudou-se com o resto da família, em companhia de outras tantas famílias portuguesas e espanholas, para o interior do Estado. Mudou-se por ter ouvido falar, por meio de um amigo, da existência lá de uma região maravilhosa, de belas matas, muita abundância de água e terras muito férteis.

Como o tal amigo dissera, aquela região estava à espera de alguém que quisesse apossar-se dela. Depois de uma longa peregrinação, os viajantes chegaram ao seu destino. Lá, não só encontraram uma terra magnífica, como também algumas famílias indígenas que espontaneamente se ofereceram para ajudar os novos sitiantes. Esses indígenas haviam fugido de uma região onde caçadores de escravos perseguiam ferozmente todos os de sua raça.

A família de Domingos ambientou-se logo à nova vida. Os homens ergueram os primeiros abrigos e, depois, passaram a se dedicar à caça e à pesca, explorando ao mesmo tempo as extensas matas. Ficaram dessa maneira conhecendo a sua nova terra.

Leonardo, o filho mais moço de Domingos, tinha aproximadamente vinte anos de idade e sempre caçava em companhia de um jovem índio tupi. Numa dessas caminhadas os dois ouviram o canto de uma araponga. Como Leonardo desejasse muito apreciar de perto um desses pássaros, mudaram de direção e procuraram aproximar-se da estranha ave. Bruscamente pararam. Eis que, a alguns passos adiante, se encontrava no chão um índio morto. Após um rápido exame, perceberam que o índio havia morrido em decorrência de um grave ferimento no rosto.

Ambos deixaram o morto onde estava e seguiram cautelosamente adiante. Repentinamente o tupi parou e aspirou profundamente o ar. Deu alguns passos à frente e deparou com uma clareira, onde se achava uma cabana meio destruída pelo fogo. Junto dessa cabana estavam duas crianças, uma menina e um menino. Quando Leonardo se aproximou, notou que as crianças estavam de mãos dadas e olhavam amedrontadas para os inesperados visitantes.

De repente, porém, elas correram para o interior da cabana e, num pranto desesperado, deixaram-se cair sobre um monte de galhos verdes. Surpreso, Leonardo seguiu o amigo tupi e viu que ele começou a tirar os galhos do monte. Quando o tupi retirou um dos últimos galhos, soltou um grito, tal o espanto sentido. Leonardo também se assustou. Debaixo dos galhos estava oculto o cadáver de uma mulher. Sua aparência era surpreendente. O rosto, as mãos e os pés estavam cobertos com uma massa branca; até no pano com o qual estava enrolada viam-se manchas desta mesma massa.

Leonardo olhou interrogativamente para o amigo. Este, contudo, correu para fora e examinou os arredores. Quando voltou, respondeu à pergunta silenciosa de Leonardo:

"Entre a minha gente é costume passar nos corpos dos mortos mel de abelha silvestre e depois espalhar sobre o corpo assim preparado peninhas brancas. Essas peninhas têm por objetivo levar a alma dos mortos com mais rapidez para o 'deus Tupã'. Como não vi outra pessoa além do índio morto, presumo que as crianças, conforme nosso antigo costume, tenham preparado a mãe para o voo ao encontro de Tupã. Naturalmente, como não possuíam peninhas, espalharam flocos de paineira sobre o mel..."

Leonardo e o índio tupi deixaram a cabana, e com seus compridos facões começaram a cavar uma sepultura. A seguir, foram buscar o índio morto no bosque. As crianças olharam o morto como que petrificadas, reconhecendo-o como seu pai. Com as mãozinhas trêmulas, indicaram o medalhão que ele trazia no pescoço.

Pensativo, Leonardo observou o medalhão e virou-se para as crianças. Um pensamento intuitivo surgiu-lhe à mente. Dirigiu-se rapidamente até a mulher morta na cabana e limpou-lhe o rosto. E reconheceu a sua irmã, Maria Vitória. Seu rosto continuava ainda tão belo como ficara em sua memória. Certamente falecera de morte natural, porque não havia vestígio de nenhum ferimento.

Retomando o medalhão, Leonardo reconheceu-o imediatamente como pertencente a Antônio. Quando a sepultura ficou pronta, Leonardo e o tupi enterraram os dois infelizes: Maria Vitória e Antônio. No mesmo instante e de maneira inexplicável, Leonardo soube que fora o seu pai o assassino de Antônio. Uma imensa tristeza oprimiu todo o seu ser, ao pensar nas duas criaturas que se amavam tanto e que tinham fugido para bem longe; não o suficiente, porém, para que a vingança do pai não as alcançasse.

Posteriormente Leonardo tomou as crianças e levou-as para junto da mãe dele. E a araponga, cujo canto o trouxera até a cabana, acompanhou-os. As crianças haviam criado esse pássaro, o qual se tornara um inseparável companheiro.

Chegando em casa, Leonardo contou aos pais a história das duas crianças. A mãe começou a chorar amargamente. O pai, porém, contou com frieza e indiferença que com as próprias mãos havia assassinado Antônio. Não havia visto Maria Vitória. Para ele, no entanto, era uma grande satisfação saber que agora ela também estava morta. Profundamente chocados, Leonardo e sua mãe olhavam para aquele homem que, devido à sua crueldade e dureza de coração, lhes parecia um estranho.

Pouco tempo depois, devido aos insistentes pedidos de sua mãe, Leonardo construiu uma capelinha sobre o túmulo daqueles que tão tragicamente findaram a sua vida.

— E aqui se encerra a história de nossos antepassados, disse o velho juiz de paz aos filhos. A capela devia estar localizada mais ou menos onde hoje se encontra a casa mal-assombrada. E quem sabe, disse ele com ar risonho, se o nosso cruel antepassado não se encontra ali, à procura de suas vítimas, tornando-se assim, nesse intento, barulhento demais.

POR QUE EXISTEM TANTAS "INJUSTIÇAS" ENTRE OS SERES HUMANOS?

Ao ser humano que ainda se ocupa com os acontecimentos espirituais, muitas vezes, a aparente injustiça na Terra dá o que pensar. Eles se perguntam: por que existem tantas injustiças sociais?... Por que há de um lado espantosa pobreza e de outro grande riqueza?... Por que nascem deficientes físicos?... Por que uns têm saúde, enquanto outros padecem de dolorosas doenças?... Por que existem aflições, angústias e tormentos?...

Onde se encontra nisso tudo a justiça divina? Essa justiça não deveria ser igual para todos?

A justiça divina é infalível! Ela atinge cada ser humano na medida que ele merece. Todo indivíduo colhe exatamente aquilo que semeou. Essa é a infalível justiça divina que atua nas leis da Criação, compreensível somente para aqueles que estão convictos de que existe a reencarnação.

Os espíritos humanos se reencarnam constantemente em diversos povos e países. Essas repetidas vidas terrenas tornam-se necessárias, a fim de que as criaturas possam desenvolver todas as faculdades latentes no espírito humano. A cada nova vida terrena, os seres humanos deveriam ter obtido novos reconhecimentos, tanto espirituais como terrenos, ampliando seu saber, porém aconteceu justamente o contrário. O ser humano não aproveitou as preciosas vidas terrenas, conforme era da vontade divina e assim se afastou mais e mais da vontade de seu Criador. Com isso a carga de culpas acumulou-se e formou, no decorrer dos milênios, as condições caóticas que se podem observar hoje na Terra. A humanidade livre e feliz de outrora se transformou em criaturas sofredoras e atormentadas por múltiplas angústias.

"O que o ser humano semear, ele colherá." Essas palavras de Cristo revelam toda a grandeza nelas contida, mas somente para as pessoas que levam em consideração as suas diversas vidas terrenas. Porque numa única vida nem sempre é possível colher tudo aquilo que foi semeado.

Tomemos alguns exemplos: uma criatura nasce com defeito físico. Conforme a concepção geral, esta criança é inocente. Mas se a criança é inocente, por que deverá viver sua vida terrena com tal estigma? Onde se encontra aqui a solução do enigma? O mundo cristão tem respostas muito simples para isso. Em primeiro lugar, a "fé cega". Depois se pode ouvir afirmações que as pessoas devem aceitar tudo o que Deus lhes envia, sem indagações; ou então que a criança tem de sofrer pelos pecados dos pais; ou ainda o inverso: os pais precisam passar por uma provação... Há ainda muitas outras variadas respostas para tais casos. Porém, ninguém ainda notou que com essas interpretações se exclui completamente a justiça divina.

A realidade, porém, é muito diferente. Uma criatura que nasce com um defeito físico não é inocente, muito pelo contrário: tal criatura se sobrecarregou, em vidas passadas, com tal lastro de culpas, que só podem ser resgatadas vivendo uma nova vida terrena desse modo. Talvez tal criatura, com esse estigma, tenha causado atrozes sofrimentos a muitos. Precisamos nos lembrar apenas da Inquisição, das perseguições religiosas, das inúmeras guerras de conquista em eras passadas, etc. Estes são, naturalmente, apenas exemplos para que os leitores possam formar, por si mesmos, uma ideia de como age a justiça divina. As causas de tais deformidades podem ter sido diferentes, porém na espécie da deformidade física pode-se ver qual a culpa que lhe originou tal estado. Se tal pessoa estiver consciente de que foi ela mesma a culpada da condição em que se encontra o seu corpo terreno, ou, dito com outras palavras, se ela reconhece que seu sofrimento é justo, os pesados fios cármicos se desfazem de tal maneira, que essa criatura, após a morte terrena, poderá elevar-se livre às alturas luminosas.

Um outro exemplo: um homem foi, em várias vidas passadas, rico e poderoso. A sua riqueza, porém, foi adquirida através de opressão e exploração de seus semelhantes. Apesar de sua riqueza e de sua situação privilegiada, ele sentia inveja e ódio das pessoas que eram mais ricas do que ele. Também jamais teve um pensamento sincero de gratidão ao Criador. Quais seriam as condições de tal pessoa, quando novamente se encarnasse na Terra?

Uma pessoa com essa espécie de culpas cármicas não poderia nascer num ambiente de riqueza. Como ele foi invejoso e mesquinho, irá com toda a certeza se integrar às legiões de pessoas descontentes que hoje povoam a Terra. Esses tipos descontentes em geral responsabilizam Deus por não terem a mesma vida prazerosa de outras pessoas. Exigem condições de igualdade para todos e perseguem, com seu ódio, os mais abastados, considerando como seus inimigos todos os que estão em melhores condições. No entanto, não é a pobreza nem o trabalho que torna a vida deles pesada e difícil, mas sim a maldade de seu caráter, que trouxeram de vidas passadas; a mesquinhez e a inveja tornam a vida deles um constante martírio terreno. A suposição de que o Criador dividiu injustamente os bens terrenos traz naturalmente inveja, ódio e desconfiança. No fundo, esses descontentes sentem despeito de todos que, a seu ver, foram mais privilegiados do que eles. O carma desses descontentes não seria tão difícil de resgatar, se reconhecessem que a justiça divina age de maneira infalível e que eles próprios são os únicos responsáveis pelas condições de sua vida atual. A convicção da absoluta justiça divina livraria tais pessoas de seu lastro cármico. Eles receberiam auxílios vindos de lados inesperados, e isso lhes traria uma melhoria no sentido terreno. O ser humano está ininterruptamente sujeito à lei da reciprocidade, isto é, recebe tudo exatamente como ele mesmo quis.

Todos os acontecimentos na vida são lógicos e simples, tão lógicos que até as crianças poderiam compreendê-los. Mas apesar da lógica e da simplicidade, o homem prefere cultivar o misticismo e a crença cega em vez de ter a coragem de encarar a verdade pura e límpida.

Todo o falhar da humanidade, que hoje se observa, tem a sua origem nas vidas passadas.

Se a muitos esta afirmação parece pouco provável, evidente é que tais pessoas não prestam atenção no que se passa ao seu redor.

Para melhor compreensão, tomemos mais este exemplo: os adolescentes de hoje. Quanta maldade, imoralidade e tendências criminosas se manifestam em alguns jovens! Tais criaturas muitas vezes não têm mais do que treze ou catorze anos e mostram claramente que já nasceram com seu caráter corrompido. Outra explicação não há para esses jovens perdidos que se encontram hoje em todos os países. Porque certamente ninguém irá acreditar que tais criaturas, em tão curto lapso de tempo, se tenham transformado em pessoas perversas e até criminosas.

Nós vivemos na época do Apocalipse. E cada ser humano está hoje colhendo exatamente o que ele semeou em tempos passados. Porque as leis da Criação atuam conforme a infalível justiça de Deus, Todo-Poderoso.

UMA VIVÊNCIA INESQUECÍVEL

Hoje quero contar um acontecimento que ocorreu há anos numa das nossas excursões ao interior do Brasil.

Naquele tempo eu ainda não conhecia a Mensagem do Graal[*] e pouco me preocupava com assuntos espirituais. Identicamente se passava com meu pai, com quem eu fizera várias excursões.

As viagens pelo Brasil naquela época ainda não eram tão simples como hoje. Estradas de ferro já ligavam a maioria das cidades e localidades maiores entre si, contudo, querendo entrar no vasto interior do país, tinha-se de contentar-se com cavalos e mulas. O extraordinário progresso do Brasil deu-se somente nas últimas décadas. Hoje existem muitas estradas novas e grande número de automóveis, e cada localidade maior, mesmo quase toda grande fazenda, tem seu próprio aeroporto, onde aviões menores podem decolar e aterrissar com facilidade.

Aquela excursão, aliás a última que fiz com meu pai, levou-nos às altitudes mais elevadas do Estado de

---

[*] Trata-se do livro NA LUZ DA VERDADE, Mensagem do Graal de Abdruschin.

Minas Gerais. Nosso alvo final seria a Serra do Cabral. Esta serra é um planalto rochoso, rico em água, onde foram encontrados muitos cristais de rocha, grandes e de estrutura pura. Contudo, não foi o cristal de rocha que nos atraiu, mas sim o grande vale da serra, com suas palmeiras buriti, de folhagem larga. Além disso, esperávamos avistar uma das grandes cobras sucuri, que, segundo narrativas, viviam nas margens pantanosas dos muitos riachos. Pois bem, empreendemos alegremente a viagem.

Depois de uma viagem de trem, de quatro dias de duração, chegamos à última estação, situada no Estado de Minas Gerais. Lá alugamos dois cavalos e duas mulas de carga e contratamos também um caboclo da região para nos mostrar o caminho durante um trecho. Conseguimos sem dificuldades os animais, pois havia muitos na região, prontos para os inúmeros garimpeiros e compradores de ouro e pedras preciosas.

Nosso alvo, o vale no planalto, podia ser alcançado num dia de montaria. O caboclo acompanhou-nos até o rio que tínhamos de atravessar. Lá ele nos mostrou o rumo a seguir, para chegarmos a uma cabana ainda antes do anoitecer, onde deveríamos pernoitar. Os indicadores de caminho para cima seriam alguns blocos de rocha de formação singular, pelos quais teríamos de passar.

O caminho, ou melhor dito, a trilha pela qual cavalgamos morro acima não era muito íngreme, além disso os animais já estavam acostumados a subir. No entanto, quanto mais prosseguíamos, tanto mais pedregulho e água embaraçavam nossa caminhada. Principalmente a água que escorria em inúmeros pequenos riachos, descendo por toda a serra, tornava nossa marcha muito difícil. Depois de uma cavalgada de várias horas, o chão tornou-se tão escorregadio, que tivemos de dar uma volta, embora não pudéssemos perder de vista os grandes blocos rochosos que nos serviam de indicadores de caminho.

Desviamos, pois, para a esquerda, a fim de encontrar uma passagem melhor. Aí cavalgamos durante cerca de uma hora através de um matagal baixo e de folhagem grossa. Finalmente saímos da área de riachos, julgando ver nitidamente uma trilha que conduzia novamente, aos poucos, para a direita e acima.

Subimos em ziguezague. Nesse ínterim o sol já havia passado seu ponto máximo, e decidimos descansar na próxima sombra. Não muito distante víamos densas folhagens e árvores altas. Parecia começar ali um bosque. Quando, no entanto, chegamos até essas árvores, constatamos que o aparente bosque ocupava uma fenda muito larga da rocha. Preocupados, notamos que a fenda se estendia muito para baixo.

Desnorteados, olhamos um para o outro. Meu pai apeou e, tomando seu animal pelas rédeas, subiu ao lado da fenda bastante íngreme. Deveria existir, em algum lugar acima, uma passagem. Também eu desci do cavalo, seguindo penosamente pela mesma trilha. Alguns urubus planavam em círculos sobre nós, e um casalzinho de falcões voava em nossa direção; provavelmente tinham seus filhotes nas proximidades.

Meu pai parou numa laje de rocha, dizendo que em caso de necessidade poderíamos passar a noite ali. Eu havia agachado e comia algumas bananas secas, quando ele também se sentou. Estava muito quente e, de cansaço, caímos no sono.

Quanto tempo cochilamos, não sei. Apenas me lembro de que ambos levantamos de um pulo, assustados, quando uma pedra rolou ruidosamente para baixo, não muito longe de onde estávamos, ao mesmo tempo em que um grande lagarto passava velozmente por nós. Rimos, por ter-nos deixado assustar por uma pedra. Olhando na direção de onde ela viera, vimos uma pessoa caminhando, não muito afastada. Uma vez que essa pessoa usava um grande chapéu de palha e ainda uma capa branca parecida com a de um médico, não sabíamos se tratava-se de um homem ou de uma mulher. A razão daquela estranha vestimenta, só muito mais tarde nos chegaria à consciência.

Nesse momento, no entanto, cuidávamos de cavalgar atrás dessa pessoa, pois já que ela avançava tão rapidamente, supusemos que a trilha ali era boa. Encontramos também, um pouco acima, uma passagem estreita sobre a fenda, seguindo aí através de folhagens baixas. A trilha era muito ruim e realmente não era nenhum caminho! Não obstante, seguimos a pessoa que avançava rapidamente, e como ela estava sem animal de montaria, supusemos haver uma cabana nas proximidades.

Com dificuldade mantivemo-nos na direção indicada. Os olhos já me ardiam de tanto olhar com atenção, pois não queria perder de vista aquela pessoa que sempre desaparecia no matagal. De repente, porém, nos deparamos com um paredão de árvores altas, e percebemos que apesar de prestar tanta atenção havíamos perdido a dita pessoa.

Indecisos, paramos e olhamos em redor. Depois de pouco tempo, ouvimos o latido de um cachorro. Alegres, forçamos passagem através do matagal. Não demorou muito, avistamos um grande bambuzal e, ao lado, uma pequena cabana de barro.

Nosso relógio já marcava cinco horas da tarde, portanto urgia o tempo para obtermos um alojamento para a noite. Ao aproximarmo-nos da cabana, um cachorrinho latia, e uma velha mulher ressequida saiu de dentro. Vendo-nos, retornou. Meu pai seguiu-a, enquanto eu aguardava montada no cavalo. Estava tão cansada a ponto de temer apear e não poder montar novamente. E não sabíamos, pois, se poderíamos ficar ali.

Mas quando vi meu pai sair apressadamente e algo desnorteado da cabana, eu já estava no chão. Ele começou a remexer nas bolsas das selas.

— A caixinha de metal com a ampola e a seringa! exclamou agitadamente. Então, procurei também. Por fim ele se lembrou que havia guardado a caixinha no bolso de sua camisa. Voltou para o interior da cabana, e eu quis acompanhá-lo, mas ele me mandou esperar fora.

Quando finalmente ele saiu, contou-me que ali se achava um moço picado por uma cobra venenosa. O lugar da picada era acima do tornozelo; a perna toda estava, contudo, tão inchada, até o tronco, que constituía apenas uma massa disforme.

— Esperemos que o soro que lhe injetei nos quadris resolva, disse meu pai preocupado. Ousei dar uma olhada para dentro da cabana, mas vi apenas uma pessoa coberta e deitada no chão. A mulher velha segurava a cabeça da pessoa no seu colo, e a seus pés estava sentado um homem, igualmente idoso. Os dois anciãos davam a impressão de alquebrados; via-se que não tinham mais nenhuma esperança.

Sentei-me ao lado de meu pai e esperamos. Surpreendeu-nos que a pessoa que visivelmente nos havia mostrado o caminho não mais se deixara ver em parte alguma. Além disso, chamou-nos posteriormente a atenção que ela não havia parado para falar conosco, mesmo quando a chamamos com voz bem alta...

Depois de algum tempo meu pai voltou para dentro, e eu livrei os animais de suas cargas, deixando-os pastar, pois para continuar a cavalgada era tarde demais. Além disso, não teríamos sabido para onde ir.

Ao sair novamente da cabana, meu pai disse que o moço se salvaria, pois o inchaço havia diminuído visivelmente. Além disso, já estava saindo um líquido seroso do lugar da picada. O moço estava novamente consciente.

Ele havia acabado de lavar os pés num tanque lodoso, atrás do milharal, quando sentiu na perna uma espécie de agulhada. Ao sair da água, já sabia que havia sido picado por uma cobra. Em sua grande aflição, havia implorado a Deus com toda a alma. Aí a dor foi logo tão forte, que nada mais soube do que acontecera em seu redor.

Mais tarde constatou-se que o moço, de nome José, morava embaixo, no vale, onde seus pais tinham uma criação de cavalos na fazenda. O pai tinha falecido havia cerca de meio ano, e a mãe administrava a propriedade junto com o filho.

— Meu pai era veterinário e, acima de tudo, gostava dos animais, acrescentou José dando informações a meu pai.

De tempos em tempos, subia para o planalto alguém da família, a fim de se inteirar do estado dos velhos, uma vez que o idoso casal havia servido durante muitos anos na fazenda, e os proprietários cuidavam deles até agora. Do rio havia um bom caminho até a cabana, e José já muitas vezes o havia trilhado a cavalo.

Ficamos vários dias na cabana. Não chegamos até o próprio planalto. A região em redor era de grande beleza. A pedido de José, nós o acompanhamos para baixo, até a casa de sua mãe. Ela era uma pessoa muito amável. Com horror ouviu a respeito do perigo em que seu filho único estivera. Mais ainda, impressionou-a o salvamento milagroso. Tomada de um sentimento de gratidão, ela ajoelhou-se, agradecendo a Deus o auxílio proporcionado a seu filho. Estava convicta de que Deus, o Poderoso, mandara o espírito do falecido pai caminhar à nossa frente, para que o querido filho ainda pudesse permanecer na Terra.

Nós, evidentemente, estávamos muito surpresos diante dessa interpretação, chocados até. A pessoa que andava à nossa frente parecia bem esquisita com aquela capa ondulante, mas jamais teríamos chegado a pensar que seguíamos um falecido. Aliás, os cavalos realmente tinham-se tornado um pouco nervosos, arfando de modo incomum; pensávamos, porém, que algum animal estivesse por perto, ou que alguma outra coisa tivesse assustado os cavalos.

Meu pai apenas disse que existiam muitas coisas entre o céu e a Terra... Mas sei que ele não queria ofender aquela mulher com uma negativa direta da interpretação dela, razão por que citou tal expressão.

A mim, pessoalmente, depois de profunda reflexão, todo esse caso parecia enigmático. E muitas vezes, nos anos seguintes, lembrei-me dessa excursão, embora não pudesse encontrar nenhuma explicação lógica.

Hoje, naturalmente, com base na Mensagem do Graal, posso explicar perfeitamente as conexões daqueles acontecimentos.

O pedido do moço, devido ao desespero, estava perpassado de uma forte e pura força intuitiva, elevando-se assim para uma região espiritual de auxílios, de onde também podia ser enviada ajuda. Nesse caso específico, foi possível proporcionar-lhe ajuda por intermédio de seu recém-falecido pai, por encontrar-se ainda nas proximidades da Terra. Pois aos seres humanos terrenos muitas vezes e sempre de novo são dados auxílios da maneira mais surpreendente, só que não é possível, em geral, observá-los. A meu pai e a mim, naquela vez, só foi possível, devido ao nosso estado físico cansado, perceber acontecimentos na matéria mais fina durante um curto lapso de tempo. Só assim nos foi possível ver o pai de José e segui-lo.

É de se supor que ele, antes de podermos avistá-lo, tenha feito tudo para nos guiar até a direção desejada.

Apenas escrevi esse acontecimento por constituir um exemplo extraordinário de como um pedido de intuição pura pode ser atendido; pode ser atendido pressuposto, naturalmente, que aquele que pede esteja convicto da justiça e do amor de Deus!

O DESTINO É DETERMINADO PELAS LEIS DA CRIAÇÃO

Quantas pessoas não construiriam suas vidas agradecidas e com alegria positiva, dirigindo seus destinos somente para o bem, se conhecessem os caminhos nesse sentido, vendo-os com clareza.

Em nossa época turbulenta, porém, tornou-se difícil reconhecer, nitidamente, os caminhos certos. Ninguém consegue mais contestar o fato de que desde os tempos mais remotos, pela primeira vez, *tudo* se encontra em rebuliço, não se excetuando aí nenhum campo de atividade humana e nenhum país da Terra.

Está fermentando! Mas como todo processo de fermentação produz uma clarificação, assim também os acontecimentos atuais se igualam a um grande processo de purificação. Há nisso algo de gigantesco. Essa grande época de transmutação humana dirá a cada ser humano algo totalmente especial para o *seu* desenvolvimento, algo sintonizado por ele pessoalmente, de modo sério e eficaz.

Já se tornam nitidamente reconhecíveis múltiplos inícios de uma purificação e intenções de reforma; e a época da tola teimosia humana, desse atuar segundo o próprio parecer, sem perguntar pela vontade do Criador, isto é, querer saber melhor ou fazer melhor do que o Criador, tudo isso está se apagando. Inúmeras pessoas aguardam conscientemente uma era melhor. São tomadas da compreensão ou noção das perfeitas e imutáveis leis da Criação, entretecidas pelo Criador em Sua maravilhosa Criação, as quais traspassam tudo o que existe com Sua vontade, formando, vivificando e conservando.

Há uma busca disso entre os seres humanos. Cada vez mais desejam voltar para o que é "natural", adaptando-se às condições naturais de vida; querem reformar a vida de modo saudável, mais belo e mais justo. Contudo, todas essas tendências, compreensivelmente, podem constituir apenas um início da verdadeira e íntegra construção que *há* de vir, pois somente esta constitui a salvação, a qual jamais poderá surgir do velho e passado.

Já existiu algum inventor que descobrisse algo, sem antes estudar minuciosamente as leis da natureza, adaptando-se a elas cuidadosamente?

Nenhum processo técnico, por exemplo, pode desenvolver-se sem que o ser humano se oriente exatamente pelas leis inamovíveis da natureza. Seria tão lógico e evidente orientar-se assim, não somente em coisas externas, mas também em relação a todas as nossas resoluções, todo o nosso atuar e pensar.

Naquilo que é mais importante, porém, nas verdadeiras decisões, em nossa própria vida, deixamos de pôr em prática justamente as leis espirituais e eternas da Criação.

Agora, pois, temos de arcar, como consequência de longos tempos, com os pesados e crescentes, porém justos, efeitos retroativos do atuar errado baseado na liberdade das nossas decisões. Tais efeitos retroativos a história humana os demonstra até a época presente, com relação ao verdadeiro estado corpóreo, anímico e espiritual da humanidade de hoje, com toda a intensidade. O atuar errado significa aí, de idêntico modo, uma desatenção às leis, como também a falta de esforços em compreendê-las plenamente. O Filho de Deus explicou essa lei da reciprocidade com as singelas palavras: "O que o ser humano semeia, colherá multiplicado!"

As leis da Criação, sempre de novo, foram transmitidas à humanidade de uma forma adaptada à maturidade espiritual dos respectivos povos, em consonância com as eternas verdades. Leis essas também transmitidas por Cristo.

Como auxílio, na atual transformação para uma nova era, nos foi dado com simplicidade e grandeza um saber referente a todas as leis da Criação e ao sentido e finalidade de nossa vida, bem como a respeito de todas as conexões da existência humana. Um saber tão abrangente, tão completo e lógico, que o ser humano moderno não pode julgar possível, o qual, no entanto, ele aguarda como sendo a nova, grande e especial solução dos problemas da época, cada vez mais insistentes e ameaçadores. Esse saber é dado pela Mensagem do Graal, que desvenda a Verdade, e por isso também engloba sem torcer todas as verdades até agora transmitidas à humanidade; a Mensagem do Graal soluciona as mais ardentes questões relacionadas com os seres humanos, e contém todo o necessário para o autêntico soerguimento! E nesse colossal saber da Criação estende-se também, de modo claro e aberto, a cada indivíduo, o caminho para a mudança natural de seu destino, por tornar-se apto a enquadrar-se nas leis da Criação, que ajudam e favorecem. Isso traz então, simultaneamente, o "preparo espiritual" que tudo abrange, isto é, a almejada renovação a partir do espiritual.

A MAGIA DOS BRANCOS

Na leitura de uma reportagem da revista americana LIFE, que tratava da magia dos negros, bruxaria e culto à feitiçaria na África, lembrei-me novamente do adivinho dos arredores de Dakar, que fez com que eu me ocupasse mais de perto com essas coisas. Com isso não quero dizer que eu me tenha tornado adepta de magia, adivinhação ou feitiçaria... não, certamente tal não me tornei! Apenas comecei a interessar-me mais por essas coisas, tendo descoberto aí que realmente no mundo dos brancos existiam identicamente muita superstição, magia, adivinhação e conjuração de espíritos, como na África. A diferença, no fundo, existe apenas na diferente forma de expressão e na diversidade dos meios auxiliares aí utilizados.

Mas agora quero descrever o encontro com Nganga, o bom feiticeiro que, aliás, é o motivo do presente relato.

Foi numa viagem do Brasil à Europa, aliás, pouco depois da última guerra mundial, quando as ligações aéreas no Atlântico Sul ainda eram muito precárias. Ficamos detidos em Dakar por vários dias, por causa de pane nos motores do nosso avião. A fim de encurtar o tempo de espera, os poucos passageiros começaram a procurar algum entretenimento. Uma companheira de viagem, que já conhecia bem Dakar e os arredores devido a uma estada anterior, propôs que visitássemos um feiticeiro que morava a algumas horas de viagem de carro fora de Dakar. Segundo aquela senhora, o feiticeiro podia predizer o destino e libertar pessoas doentes de influências malignas.

Evidentemente aceitamos a proposta com entusiasmo, procurando logo uma condução. Rapidamente encontramos um jipe militar, e logo em seguida tudo estava pronto para podermos sair de Dakar pouco antes do pôr-do-sol. O adiantado da hora de partida nada importava, já que o feiticeiro, de qualquer maneira, dedicava-se às suas atividades somente à noite.

Por volta das onze horas da noite chegamos a um determinado palmeiral, atrás do qual se encontrava a cabana do feiticeiro. Descemos do jipe e, curiosos, prosseguimos a pé. Após poucos passos um fraco vislumbre de luz nos indicou que havíamos alcançado o alvo. O feiticeiro estava acocorado num banquinho baixo diante de sua moradia primitiva, com o olhar fixo na brasa de uma pequena fogueira à sua frente. Estava envolto por um cobertor, tendo a cabeça enrolada por um pano de cor indistinguível. Assim acocorado poderia parecer qualquer cameleiro ou tropeiro.

Somente quando ele levantou a cabeça foi que percebemos a diferença. Pois ele tinha olhos verde--amarelados, de aspecto algo sinistro, com que nos olhou fixamente. Por fim, fez um gesto com a mão, como sinal de convite, e então sentamo-nos também em banquinhos baixos ao lado da fogueira. Mal sentamos, ele já nos atirou uma bolsa de couro, cujo conteúdo devíamos derramar no chão, de uma determinada altura. Esse conteúdo era realmente curioso, pois era constituído de ossos de diversos animais. Vi crânios de aves e cobras, unhas, costelas, vértebras e muitos outros ossinhos, cuja origem não se podia determinar de imediato.

Quando os ossos estavam espalhados pelo chão, o velho os observou durante algum tempo, revelando o futuro à pessoa que os havia jogado. Fazia isso num francês cantado, e todos ficavam surpresos, perplexos até, a respeito de suas previsões.

A última a jogar o conteúdo no chão fui eu. E parecia-me como se ele precisasse de mais tempo para interpretar meu destino do que em relação aos outros. Finalmente começou a falar, algo inseguro e hesitante, e devo confessar que não entendi a maior parte. Como que seguindo um impulso repentino, o velho juntou os ossos e os recolocou na bolsa. Depois se levantou e trouxe uma cesta redonda de sua cabana.

Meus companheiros já tinham nas mãos o dinheiro que queriam dar ao feiticeiro. Quando eu também tirei dinheiro de minha bolsa, ele recusou decididamente. De mim queria outra recompensa. Eu é que deveria explicar-lhe... a magia dos brancos...

Não devo ter mostrado uma expressão de muita inteligência, quando ele me fez tal exigência. Por fim me refiz da surpresa e pude lhe dizer que os brancos não se dedicavam a nenhuma magia. Ele apenas riu de mim, desdenhosamente, para mostrar-me que não podia ser enganado tão facilmente. A seguir mexeu em sua cesta, tirando com um olhar triunfante um jogo de cartas já bastante usado. Depois apareceram um lápis e um espelho de bolso; essas duas coisas, porém, ele jogou fora sem dar atenção e continuou a mexer na cesta. Finalmente parecia ter encontrado o que procurava. Murmurou algo para si mesmo e fez surgir um livro. Um livro!? Pois bem, um livro certamente seria a última coisa que poderíamos ter esperado. Depois de um lapso de tempo de profundo pensar, ele me deu o livro nas mãos, solicitando que eu o abrisse. Ao abri-lo, notei que continha apenas poucas páginas, vendo-se nestas quase que exclusivamente desenhos circulares e algarismos. Algo intrigada continuei a folheá-lo, até compreender que esse livro, um dia, tinha sido uma obra astrológica... O feiticeiro havia-me fitado durante todo esse tempo, com um olhar indefinível. Quando lhe devolvi o livro, dizendo que não sabia interpretar os signos nele contidos, ele olhou para mim e para os outros de modo desdenhoso e compassivo, recolocando suas preciosidades na cesta... Certamente não tinha esperado deparar, entre os oniscientes brancos, com "patetas" iguais a nós.

Por que razão ele quis uma explicação sobre... a magia dos brancos, justamente de mim, a mais jovem do nosso grupo, sempre me permaneceu um enigma.

Levantamos e nos despedimos. Ele, contudo, não mais ergueu o olhar, não se dignando de mais nenhuma palavra. E como se não mais existíssemos, tomou um maço de ervas e lançou-o na brasa. O cheiro penetrante logo se espalhou, quase nos sufocando. Parecia-me que ele, com esse incenso, queria purificar o ar, e de tal forma, que nem a mínima parte de nosso hálito permanecesse ali aderida.

Desde então, muitos anos se passaram. E durante esse tempo compreendi o que o velho imaginava sobre "magia dos brancos". Tornou-se-me claro também que o anseio pelo "sobrenatural" é uma característica latente em todo o gênero humano, de modo mais ou menos acentuado. Em povos ligados à natureza, essa tendência se apresenta de forma mais visível do que nos assim chamados seres humanos de cultura ou intelectuais.

Ou, talvez, seja mais correto dizer que essa tendência mostra-se de modo diferente no mundo civilizado.

Se uma pessoa, às escondidas, permite que lhe ponham as cartas, ou encomenda um horóscopo, ou se um africano joga ossos, no fundo é a mesma coisa. Em ambos os casos deve ser perscrutado o futuro.

Outros exemplos: quando um católico oferece velas ou outras dádivas a um santo, ou um espírita procura contato com o Além, então significa a mesma coisa que um africano venerar ou conjurar seus espíritos.

Também no mundo civilizado existem magia e bruxaria. Eu mesma soube de uma mulher, na Áustria, que perfurava fotografias com agulhas, a fim de provocar doenças ou outros sofrimentos nas pessoas visadas. No Brasil utilizam-se bonecos de pano para tais finalidades. Quando, em certos países da África, o feiticeiro enfia espinhos no crânio de uma múmia ou na cabeça de um morto, então quer conseguir, à maneira dele, o mesmo mal que deve ser obtido pelo uso de fotografias e de bonecos de pano. A intenção é a mesma, evidentemente, em todos esses casos.

Também a bruxaria ainda existe por toda parte. Há pouco tempo correu uma notícia pela imprensa segundo a qual várias pessoas na Alemanha estavam sendo acusadas de bruxaria. Eu poderia citar ainda muitas outras coisas interessantes, relacionadas a esse campo, mas isso iria longe demais e também não é o objetivo deste relato.

Finalizando, gostaria de mencionar ainda as "figas", muito apreciadas junto a brancos e negros, pobres e ricos aqui no Brasil. Essas figas, representando parte do braço com o punho fechado, são fabricadas em todos os tamanhos e cores, de forma luxuosa ou simples; pode-se vê-las penduradas em caminhões, no pescoço de uma criança ou em elegantes braceletes. Uma figa é, na realidade, um pequeno fetiche que, como se diz, "protege" com segurança contra o "mau-olhado".

O SEXTO SENTIDO

Há muitas pessoas que, por intermédio de advertências de seus guias espirituais, puderam ser preservadas de graves acidentes. Para elas foi concedido assim um prazo a mais na Terra, prazo dentro do qual poderiam despertar e encontrar o caminho para a Luz da Verdade.

A narração que aqui se segue descreve uma advertência singular, pela qual um casal foi preservado de um acidente fatal.

Há algum tempo, perto de uma localidade na América do Sul, aconteceu um grave acidente aéreo. O avião caiu de modo tão desastroso num pântano, que não houve possibilidade de nenhum salvamento. Incendiou-se, e todos os passageiros morreram queimados. Alguns dias depois foram encontrados os corpos carbonizados e grotescamente retorcidos.

A notícia da tragédia foi divulgada pelo rádio, e os jornais traziam fotografias e descrições pessoais dos acidentados. Pela descrição pessoal, soube-se que no avião sinistrado estavam um advogado, um padre, um médico, uma enfermeira, uma dançarina, um negociante de diamantes e quatro empregados de um cassino. Além desses, havia ainda quatro tripulantes. Também esses foram encontrados carbonizados.

Nesse mesmo avião deveria ter viajado também um casal. A mulher, no entanto, ficara com tanto medo no dia anterior à partida, que seu marido teve de adiar a viagem. Mais tarde, esse homem sempre dizia que o medo que ela sentira havia salvado sua vida. Ficou, sim, impressionado com a notícia do desastre, mas logo tudo já estava esquecido.

Diferentemente ocorreu com a mulher. Ela teve medo, sim, mas o "porquê" de seu medo não pôde dizer de imediato. Teriam rido ou até zombado dela. No entanto, agora que essa coisa horrível tinha acontecido, ela também contaria o porquê...

— Não me é fácil retransmitir essa vivência. É verdade que já muitas vezes ouvi falar de sonhos proféticos ou de visões. Mas que eu mesma pudesse vivenciar uma visão, nisso nunca havia pensado. Na véspera dessa viagem, ao anoitecer, fui para o quarto de minha filha, a fim de buscar uma maleta. De repente, minhas pernas tornaram-se tão pesadas, que logo ao chegar ao quarto tive de me sentar. Em meus ouvidos começou um zunido, e uma pressão abafadiça abateu-se sobre mim. Recostei-me na cadeira e fechei os olhos. Mal os tinha fechado, percebi que outros olhos, olhos internos, se abriram e vi o quarto onde estava sentada, com algumas modificações.

Com esse olhar interno notei que um avião pairava na altura do terraço. A porta estava aberta e parecia-me ser obrigada a me levantar e entrar no avião, que aparentemente estava esperando por mim.

Entrei, e a porta fechou-se. Uma vez que o chão estava escorregadio, resolvi ficar parada na porta. Olhei em redor e vi primeiramente um padre já sentado, bem perto de mim. Depois vi véus de fogo envolvendo tudo por momentos. Quando clareou, o piloto saiu da cabina e disse que seria obrigado a fazer uma aterrissagem forçada, pois um motor estaria falhando.

Num primeiro momento ninguém parecia ter compreendido o que essa comunicação poderia significar, pois todos permaneceram quietos. Depois de algum tempo, porém, uma mulher com trajes de enfermeira levantou-se e foi até o padre. Queria confessar-se com ele. Ajoelhou-se diante do sacerdote, completamente transtornada, e contou-lhe em pranto ruidoso os seus pecados. No momento em que ela se ajoelhava, o interior do avião começou a modificar-se. No lugar dos assentos via-se uma praça, larga e livre, em cujo centro havia uma grande fogueira. As pessoas em volta escarneciam de uma mulher amarrada à fogueira e amaldiçoavam-na. A Inquisição havia condenado novamente uma herege. E foi bom assim! Entre os espectadores que aplaudiam, vi a enfermeira que se havia confessado. Também o padre estava ali. As vestes usadas pelas pessoas pareciam ser do início da Idade Média, na Espanha. Não somente a enfermeira e o padre, mas também outros passageiros do avião encontravam-se na turba berrante. Devo acrescentar ainda que um sentimento intuitivo especial me perpassou ao ver a mulher atada à fogueira: parecia-me como se eu mesma estivesse lá em cima, sem contudo sentir nenhuma dor.

Lentamente o quadro se desfez, a praça desapareceu, e o interior do avião novamente se fazia ver. A enfermeira levantou-se e retornou alquebrada, com um bilhete na mão, para seu assento. Todos os que eu havia visto no meio da turba levantaram-se e solicitaram ao padre que também aceitasse suas confissões.

De repente notei que no lugar em que o padre estava sentado achava-se agora um estranho. Usava uma capa meio aberta, de cor violeta. Seu rosto era moreno escuro e seu olhar, contemplando os presentes, era frio e indiferente. Um após outro se aproximavam agora do estranho para se confessar. Cada uma das pessoas que tinha um bilhete na mão parecia-me alquebrada e velha... realmente muito idosa mesmo. Oito pessoas possuíam agora esse bilhete. Faltavam apenas quatro homens e a tripulação. Mas esses também foram se confessar e receber o bilhete. Quando essas últimas pessoas desesperadas aproximaram-se do estranho, o interior do avião novamente mudou.

Desta vez também se podia ver uma praça livre, mas esta se encontrava no meio de uma densa floresta e em lugar da fogueira via-se uma forca, pregada rusticamente com paus irregulares. Nessa forca estava dependurado um homem, amarrado apenas com os braços no travessão de madeira, com a cabeça livre. Ao lado da forca estavam acocorados alguns homens esfarrapados, acendendo o fogo.

A fogueira fora montada de tal forma que as chamas inevitavelmente atingiriam os pés do amarrado. E quando o fogo ficou alto, os que estavam sentados embaixo exigiam do infeliz que finalmente lhes revelasse onde estava o tesouro, pois caso contrário seria queimado vivo. O homem torturado pendia com o rosto contorcido de dor em sua forca. Gritando alto, afirmava que nada sabia a respeito desse tesouro. A um dos verdugos, essa cena parecia tornar-se demasiadamente dolorosa, pois disse, mudando de tom, que deveriam soltar aquele homem, pois com certeza não sabia de nada. Os outros apenas respondiam ameaçadoramente que todos esses patifes de índios ou astecas possuíam tesouros escondidos em algum lugar. Ainda vi como o fogo começou a queimar os pés do infeliz, ali dependurado.

Mas felizmente a pavorosa imagem desapareceu, e de novo eu me encontrava no interior do avião, ao invés de na clareira da floresta. Ainda notei como os últimos homens voltavam para seus lugares, totalmente alquebrados, com seus bilhetes na mão. Aí aconteceu o horroroso: o avião começou a cair, mas antes que batesse no chão, abri os olhos, encontrando-me novamente no quarto de minha filha.

O que aqui retransmiti, vi tão nitidamente, a ponto de chegar a pensar que estava realmente no avião. Meu coração disparava e minha testa estava coberta de suor. O que havia acontecido? Não havia o estranho falado comigo no último momento? Dissera ele bem nitidamente: "Foi-te concedido ainda um prazo!"

E quando tal prazo terminaria? E o que se esperaria de mim? O profundo susto a respeito dessas palavras do estranho quase me fez esquecer a vivência no avião. Somente quando tudo havia acontecido, exatamente como eu havia visto, conscientizei-me da graça que me fora concedida. Depois ainda fiquei tomada de pavor, ao lembrar-me do infortúnio. Mas uma coisa sei agora com absoluta certeza: "nenhum ser humano é entregue a seu destino arbitrariamente". Além disso, sinto intuitivamente, de modo muito nítido, que na advertência que recebi estavam contidos, ao mesmo tempo, uma exortação e um chamado. Quero dizer, até, que de agora em diante me encontro em débito com Deus!…

Mas onde se encontra o ser humano que não esteja em débito com Deus?

CARMA

Quase todos os sofrimentos e doenças têm sua origem no extraterrenal. Isso quer dizer que o ser humano já antes de seu nascimento terreno entra na nova vida carregado dos mais variados germes. Por essa razão, é absolutamente certo falar de carma ou doenças cármicas. Um carma, porém, pressupõe repetidos nascimentos na Terra. Em lugar de "carma" talvez fosse mais acertado utilizar a palavra "reciprocidade". Pois é sempre a mesma lei que acompanha o ser humano, em todas as suas peregrinações nas matérias. Por toda parte terá de colher o que outrora ou recentemente semeou. Suas obras o seguem, sejam boas ou más!

Hoje, contudo, acontece de o ser humano acreditar antes de tudo numa injustiça ou numa imperscrutabilidade da vontade de Deus, apenas para não precisar preocupar-se com uma eventual volta à Terra. Embora seja somente através dessas renovadas encarnações que ele pode levar à florescência todas as suas capacidades espirituais. E, por sua vez, são essas diferentes reencarnações na Terra que lhe dão a possibilidade de poder livrar-se de seus erros e fraquezas, para um dia então poder entrar puro e sem cargas em sua pátria paradisíaca.

Consideremos o caso de uma criança nascida cega, surda ou com outro defeito qualquer. Vendo tal criatura, cada um deveria obrigar-se a refletir. Onde é que fica a justiça? Como pode acontecer que uma criança aparentemente inocente chegue ao mundo assim castigada? O fato de uma criança poder chegar ao mundo assim defeituosa prova que não é inocente; pelo contrário, já veio carregada de culpas provenientes de vidas terrenas anteriores. Juntamente com a criança sofrem também os pais. Sim, o sofrimento deles é muitas vezes mais acentuado do que o de seu filho. Contudo, também nisso há uma justiça perfeita, pois os pais, nesse caso, participam da culpa em relação ao pesado fardo de seu filho. Retirando os véus do passado poder-se-ia perceber nitidamente qual a culpa com que esses três seres humanos foram entrelaçados.

Depende agora principalmente dos pais, se por intermédio dessa criança eles podem resgatar essa culpa de outrora. Almejando a Luz, o sofrimento lhes trará o reconhecimento, podendo assim seu errar anterior ainda proporcionar bênçãos puras. Pois perfeito e justo é tudo quanto surgiu da sacrossanta vontade de Deus! Nem sequer um fio de cabelo do ser humano será tocado, se ele mesmo um dia não tiver dado motivo para isso. É o que vale para o indivíduo, bem como para povos inteiros.

Todas as ações e intuições más e negativas retornam hoje à humanidade de modo desastroso. Nitidamente se pode observar os efeitos, nas almas e nos corpos, com que outrora a inveja, o ciúme, a desconfiança e todos os outros pecados os marcaram. Não existe nenhum destino e nenhuma doença que a própria pessoa não tenha atraído para si. A posição espiritual completamente errada é também a razão de o ser humano observar seu corpo terreno de maneira muito insuficiente. Ele se entrega a excessos de toda sorte, que no decorrer do tempo enfraquecem seu corpo terreno de tal modo, que não é mais capaz de enfrentar os efeitos retroativos de tempos passados que o atingirão. Sua força de resistência não basta para superar todos os obstáculos.

Por fim o ser humano morre; seu corpo terreno se decompõe. Sua alma, porém, continua vivendo, e nela estão assinaladas nitidamente todas as marcas de suas ações e intuições. Se a alma, então, depois de anos, puder encarnar-se novamente, o corpo terreno se formará exatamente de acordo com o estado dela. Assim, o recém-nascido traz consigo germes que mais cedo ou mais tarde terão de manifestar-se. E essa alma encarnada num corpo de criança nascerá exatamente naquele ambiente que oferece a ela a oportunidade de resgatar todo o fardo de pecados. É essa uma graça a que o ser humano até agora não deu nenhuma atenção, embora ela o beneficie e apoie, abrindo-lhe os caminhos para a Luz.

POR QUE MENTIR?

Com demasiada frequência vê-se que a mentira se tornou parte da humanidade de hoje. As assim chamadas mentiras de emergência ou sociais são para ela aparentemente imprescindíveis. Os seres humanos escondem-se atrás de mentiras, sem poderem mais deixá-las e não são mais capazes de reconhecer o que é realmente verdade! Infelizmente, encontram sempre evasivas para justificar uma mentira.

E assim acontece que a mentira se encontra por toda parte, e os seres humanos, estranhamente, não possuem nenhum sentimento, ou, melhor dito, nenhuma intuição em relação ao fato de mentirem e de também serem enganados.

Tanto mais há de chamar a atenção a pessoa que se esforça em falar a verdade. Ela tem de suportar ser tratada com escárnio, zombaria e, inclusive, que tenham pena dela.

Não a tomam como amiga da verdade; não dizem que pensa e fala de modo justo, como realmente é o caso. Pelo contrário, quase sempre se ouve:

"É uma pessoa desajeitada, rude e inculta!"

Querem, com isso, apresentar essa retidão como falta de cultura; em poucas palavras, é considerada uma pessoa da qual seria melhor esquivar-se. Até mesmo os de boa índole a denominarão "pouco inteligente" e "agressiva", evitando encontrá-la.

Uma coisa é absolutamente certa: a pessoa que procura falar sempre e em toda parte a verdade e viver de acordo com ela é malquista, esbarrando em todos os lugares com muitos obstáculos.

Sob o manto dos bons costumes, inúmeros seres humanos esforçam-se por embelezar as coisas e contorná-las; em outras palavras, mentem por causa de vantagens terrenas, sendo assim altamente considerados por seus semelhantes.

Essas mentiras, logo reconhecíveis como tais, chamam a atenção por causa de sua grosseria, todavia não são tão perigosas como as meias-verdades, consideradas como legítimas, e que nada mais são do que mentiras!

Que consequências terríveis podem ter também as mentiras chamadas de "bem-intencionadas"! No caso de um moribundo que pergunta temerosamente se irá morrer, todos ao seu redor empenham-se em convencê-lo de que esse *não* é o caso. E ainda asseguram-lhe que em breve estará curado, não obstante aquele que assim fala saber que é pura mentira.

Por que, simplesmente, não se esclarece ao moribundo que terrenamente não é mais possível nenhum recurso, sendo muito provável um desenlace próximo? É evidente que se deve transmitir certa serenidade ao moribundo, não porém em detrimento da verdade!

Estando ele ciente de que seu falecimento é certo, é oferecida a ele a possibilidade de conformar-se com tal realidade, fato que lhe possibilita pôr em ordem todas as coisas terrenas, aliás, como é natural. Ao mesmo tempo tem também a oportunidade de meditar sobre seu desenlace, e com isso o temor pela morte perde seu impacto mais forte. Se não aproveitar essa oportunidade, prejudicará a si próprio.

Diferente é com relação a uma mentira, que ainda o deixa esperançoso de continuar a viver. Ele se recusará a abandonar o corpo, dificultando assim o desligamento terreno, e depois, no Além, ao perceber que não mais se encontra no corpo terreno, não poderá ascender devido à desconfiança de tudo.

A pessoa que o enganou com tal mentira terá, naturalmente, de sofrer com isso. Tendo ou não tendo remorso a respeito, sentirá, contudo, as consequências dessa mentira.

De idêntica maneira ocorre no convívio diário com outrem. O respeito mútuo entre duas pessoas pode ser destruído por uma mentira, não importando os motivos; destrói-se a confiança mútua, a qual talvez nunca mais retorne à sua forma original. O receio de tornar-se novamente vítima de uma mentira permanecerá às vezes para sempre entre essas pessoas. De qualquer forma, necessita-se de longo tempo para recuperar a confiança perdida.

Esses poucos casos já mostram as consequências devastadoras das mentiras que os seres humanos, mesmo com boa vontade, usam para não parecerem desagradáveis, aqui na vida terrena.

Tudo isso vale realmente a pena?

Nós, seres humanos de hoje, devemos procurar, pois, tentar remover tudo quanto é falso e antigo, e viver realmente conforme as leis da Criação, onde uma mentira é impossível!

Talvez se necessite de coragem para dar esse passo, mas não valerá a pena o esforço?

O PAVOR DA MORTE

A maior parte da humanidade sofre hoje de um medo inexplicável da morte, indistintamente, quer se trate de pessoas religiosas ou não. Neste particular, todos se nivelam. Inclusive aqueles que possuem maior cultura terrena, não se livram do temor de morrer. Se possível fosse, afastariam de si, no decurso inteiro da vida, qualquer pensamento a respeito da morte terrena. No entanto, as advertências referentes à transitoriedade de tudo na Terra batem-lhes assiduamente à porta.

Uma parte das pessoas receia a morte em si, enquanto outra teme ser encerrada num caixão funerário e sepultada no fundo da terra. "Quem poderá afirmar que não se pode sentir ali ainda alguma coisa?", perguntam a si mesmas. A maior parte, contudo, teme o que possa vir, o "depois". Esse "depois" incerto, a respeito do qual ninguém ainda pôde dar informações.

O fenômeno da morte em si é, no entanto, indolor para qualquer indivíduo, independentemente da "causa mortis". Da mesma forma que não sentiu o nascimento, a criatura também não sentirá a morte. O momento da alma desprender-se do corpo físico, o morrer, ocorre-lhe completamente inconsciente. Nada mais é senão o nascimento num mundo onde deverá viver depois o "eu" propriamente dito do ser humano terreno.

Se, pois, a morte, bem como o nascimento, processam-se de maneira insensível, de onde procede essa espécie de angústia que avassala tantas criaturas?

Sucede que o pavor da morte expressa o pressentimento de uma justiça efetiva, da qual ninguém poderá se eximir. O pressentimento de que nem tudo acaba, mesmo com a morte do corpo terreno, sobrevive dentro de muitas pessoas; pressentimento de que, se a vida prossegue, pode acontecer também que cada qual colha aquilo que semeou. O ser humano não teme, na realidade, a morte em si, mas receia as responsabilidades que lhe caberão, apavora-se, portanto, com a justiça vindoura.

Para muitos, esse medo da morte é certamente explicável. Um hipócrita, após o falecimento, nunca seria elevado às alegrias paradisíacas, tampouco um defraudador ou um crasso materialista. O mundo onde renascerá tal espécie de gente será seguramente um vale de lamentações e sofrimentos.

Quão frequentemente acontece de o indivíduo entregar-se a beatices algum tempo antes de seu desenlace terreno, mesmo tendo zombado ostensivamente, durante a vida, de qualquer tipo de crença em Deus! Essa beatice de última hora brota-lhe do temor de uma justiça indefectível.

De modo diverso se passa com aqueles que não esqueceram do Criador durante a sua passagem pela Terra, e viveram de acordo com Suas leis. A vindoura pátria deles será um local de paz. Tais pessoas, pouco antes do falecimento, já não sentem quase dores, ou sentem-nas muito atenuadas. De repente, parece-lhes que se aproxima seu restabelecimento, mesmo nos casos de muitos meses de grave enfermidade. Formulam, transbordantes de esperanças, novos planos, inclusive de viagens. Descortina-se-lhes um futuro róseo. E esse sentimento intuitivo do moribundo é absolutamente legítimo. Ignora apenas que tais planos, cheios de esperanças, jamais se realizarão neste mundo, senão naquele onde renascerá dentro em breve. Os planos de viagem são apenas o pressentimento da caminhada que a alma empreenderá brevemente. Como sua nova pátria será bela, cheia de paz, consequentemente já aqui na Terra tudo lhe parece melhor. O receio que essa espécie de pessoas tem da morte é muito fraco e só se relaciona com o lado misterioso do momento do falecimento.

Tal receio jamais atuará de maneira torturante, uma vez que a justiça propiciará grandes alegrias a essa espécie de espírito humano.

O ser humano deve, em todo caso, pensar frequentemente na morte durante a vida terrena, e não apenas quando uma doença sobrevém em forma de advertência. Muito malquerer e atos de consequências prejudiciais seriam assim evitados, se as pessoas se compenetrassem com mais frequência de que terão de colher aquilo que semearam na Terra.

SORTE

Quase todas as pessoas procuram a sorte ou algo que imaginam como felicidade ou vida feliz. Sonham ansiosamente, aspirando por algo que, segundo sua opinião, possa trazer-lhes a almejada sorte e com isso também a paz. Ou esperam encontrar a felicidade através de um amor, ou a esperam por meio de riquezas, reconhecimentos de outrem ou por outras coisas. Pode ser também que façam parte daquelas massas que veem um objetivo e uma realização na igualdade de todos os seres humanos. As imagens que o indivíduo forma são das mais variadas espécies; todas, contudo, têm algo em comum, pois correm numa só direção, isto é, em direção às coisas terrenas. Por esse motivo ocorre também que esses desejos sonhados, mesmo se realizados, não trazem a felicidade almejada e a paz ansiada. O ser humano permaneceu o mesmo, e identicamente permaneceram nele os anseios. Em relação à realização dos desejos, pode-se perceber alegria, satisfação e certo sentimento superior; contudo, depois de algum tempo se notará seguramente que a realização não continha o almejado.

Muitas pessoas agora objetarão que com certeza cada um poderá encontrar a felicidade no amor. Isso está certo! Mas somente quando o amor entre duas pessoas for verdadeiro e puro é que receberá ligação com a irradiação do amor divino que traspassa a Criação inteira. Sem essa ligação, mesmo o aparentemente maior amor, depois de algum tempo, se torna vazio e insípido, e muitas vezes os dois aí implicados nem sabem, aliás, por que se juntaram. A felicidade através de um amor foi apenas uma felicidade aparente, ou melhor, como acontece hoje na maioria dos casos, constituiu apenas uma ligação de vidas terrenas anteriores, desfeita pelo convívio.

Existem outras pessoas que supõem que sendo ricas e sem preocupações, decididamente, lhes floresceriam a paz e a felicidade. Isso também é um erro! Quantas pessoas abastadas existem hoje na Terra que não sabem o que fazer consigo mesmas; vivem mal-humoradas, sempre descontentes e constantemente correm atrás de algo desconhecido, apenas para fugir do vazio de sua tão invejada vida. Não há ouro que possa oferecer paz ou mesmo um vislumbre de felicidade. Poderiam ser apresentados os mais variados exemplos, contudo o final seria sempre o mesmo: o ser humano não encontrou o que esperou ou almejou, porque procurou exclusivamente na Terra. Pode-se, aliás, perguntar: existem realmente felicidade e paz na Terra? Ou será que o ser humano apenas corre atrás de um fantasma durante toda a sua vida?

A felicidade e a paz existem! Pois o Criador ancorou ambas em Sua Criação. Felicidade e paz residem unicamente no verdadeiro *reconhecimento* de Deus e no cumprimento de *Suas leis!*

A felicidade existe, e uma vez que o ser humano a tenha encontrado, ela perdura além da morte terrena! Cada ser humano, cujo espírito ainda não está totalmente escurecido, pode encontrá-la! Contudo, deve familiarizar-se primeiramente com as leis de Deus reveladas na Mensagem do Graal. E elas indicam o caminho para a felicidade e a paz. Se o ser humano seguir essas leis, reencontrará o contato perdido com os mundos do Paraíso! A humanidade tornou-se pobre e sem paz desde que perdeu o caminho.

Somente o ser humano que tiver encontrado a Verdade pode hoje, na época da prestação final de contas, aliviado e alegre, utilizar-se das dádivas terrenas à sua disposição. Sim, de modo aliviado e alegre! Pois não mais estará descontente com aquilo que tem, nem terá inveja do seu próximo, pelo contrário, desfrutará com gratidão e humildade aquilo que lhe cabe pelos efeitos das leis da Criação.

Um espírito humano, assim desperto, também nunca mais poderá duvidar da incorruptível justiça de Deus. Não importa o que o possa atingir. Pois se terá tornado sábio!

Sábio através da Mensagem do Santo Graal, que Deus proporcionou como última graça e última revelação aos seres humanos!

UM VELHO CABOCLO

Em nosso sítio, no município de Cotia, trabalhava um velho caboclo já havia anos. Era o senhor Nenê. Muito trabalhador e de absoluta confiança. Quando lhe perguntavam sua idade, ele a avaliava em mais ou menos setenta anos, pois ainda se recordava nitidamente de escravos de uma fazenda, os quais procuravam seu pai, levando-lhe milho, a fim de receber pinga em troca.

Vez por outra o velho Nenê contava sobre os tempos passados, o que, aliás, acontecia raramente, pois falava pouco. Geralmente eram ocasiões especiais, que despertavam nele recordações de muitas coisas que o avô lhe contara de seu passado.

Assim ocorreu também certo dia, por ocasião da morte repentina de um moço em Cotia, que bebia muito. Devido à bebedeira não havia dado nenhuma importância a uma mordida de um cachorro raivoso, morrendo em consequência disso. Esse acontecimento despertou várias recordações em nosso velho Nenê. E no dia do enterro ele até se tornou loquaz. Pensativamente falou:

— Eu ainda era um menino de doze anos, ou talvez um pouco mais, porém até hoje tenho ainda na cabeça tudo o que ouvi de meu avô.

Com certo orgulho Nenê dizia isso, pois assim mostrava que apesar da idade ainda possuía uma boa memória.

— Antigamente tudo era diferente, também com os mortos. Em Cotia, quando meu avô era moço, havia uma grande igreja de taipa e um padre jesuíta. Esse padre mandava enterrar no chão da igreja defuntos trazidos, muitas vezes, de várias léguas de distância. Naturalmente, nem todos levavam seus mortos até a igreja. Esse padre devia ter sido bom, pois não exigia nada pelos enterros nem pelos casamentos.

— Não havia nenhum cemitério naquele tempo? indaguei.

— Não senhora, em Cotia ainda não havia cemitério. Um defunto, muitas vezes, era carregado por várias léguas a fim de poder ser enterrado na igreja. Pois naquele tempo se acreditava que o morto, com a bênção do padre, logo ia para o céu.

Também a alimentação era diferente, continuou contando Nenê. Nossos antepassados tomavam de manhã uma sopa de farinha com muita coisa dentro. Cada um plantava alho em grande quantidade. Também se plantava verduras e comia-se muito mais. E todos os moradores dessa região tinham naquele tempo uma ou mais vacas. Vacas, repetiu Nenê com firmeza, ao ver meu ar incrédulo. Vacas, sim senhora. E todas tinham um nome. Caminhavam, essas vacas, léguas e mais léguas para pastar. Mas quando seus donos as chamavam pelo nome, voltavam. Ninguém sabia como isso era possível, era um mistério para todos.

O velho Nenê calou-se, absorto pelas recordações dos tempos passados.

Pensei comigo: Como devia ter sido boa a vida dos nossos caboclos naquele tempo, pois possuíam até vacas que atendiam pelo nome e voltavam de onde quer que estivessem.

Olhei para o velho caboclo e lembrei-me de um costume singular dele. Ele tomava suas refeições de pé e antes de levar à boca qualquer alimento, primeiramente deixava cair no chão uma colherada. Indaguei-lhe sobre o motivo desse procedimento, e ele me respondeu que era necessário ficar de pé ao alimentar-se e que a colherada de comida derrubada no chão era um sinal de gratidão aos seres da Terra.

Depois de curto silêncio, Nenê recomeçou a falar:

— Para voltar à alimentação: o meu avô sempre dizia que seus antepassados comiam muito alho e também muita pimenta vermelha e ardida, mas não comiam gorduras. Se alguém tinha um porco, ele o criava exclusivamente para vendê-lo ou trocá-lo por alguma outra coisa, pois ele mesmo não comia gorduras!

— Devia ter sido realmente bem diferente naquele tempo, opinei. Nenê acenou afirmativamente.

— Muito diferente. E parece que havia também muito menos doenças, pois os curandeiros conseguiam curar tudo o que um e outro tinha. Hoje, os curandeiros são obrigados a mandar os doentes para os doutores, e estes muitas vezes não são capazes de curar o mal.

O velho tirou pensativamente o chapéu da cabeça, ajeitando com a mão os cabelos grisalhos para trás.

— Meu avô também me contou várias vezes uma coisa muito bonita de tempos passados. Olhei para ele de modo encorajador. Nenê apoiou-se sobre a enxada e recomeçou a contar:

— Todos os habitantes aqui da região, não sei se eram muitos ou poucos, levantavam antes do amanhecer e caminhavam por determinadas trilhas, ao encontro do novo dia. Quando então o sol raiava acima do horizonte, anunciando o novo dia, homens, mulheres e crianças cantavam rezas ou cânticos em louvor do novo dia. Depois todos voltavam contentes para suas casas, comiam suas sopas e começavam a trabalhar. Os homens muitas vezes levavam também consigo instrumentos musicais, quando os possuíam, de modo que sempre eram acompanhados de canções.

Quando Nenê se calou, perguntei-lhe se aquilo que acabara de contar era realidade ou apenas uma lenda.

Sabia-se, dos antigos incas, que eles adoravam Deus através do Sol, mas com relação ao caboclo daqui, disso não havia conhecimento. Seria um costume belo demais para poder ser verdade.

— Mas é verdade, disse o velho, quando manifestei minhas dúvidas. Meus antepassados iam todos os dias cantando ao encontro do novo dia. Pois Deus é grande, e eu só peço a Ele que me dê saúde para poder trabalhar. E peço mais: que o Criador me preserve de maus pensamentos.

"Sim, Deus é grande", pensei humildemente. E voltando-me para o velho Nenê disse:

— Sim, senhor Nenê, talvez chegue novamente o tempo em que o ser humano cumprimente, agradecendo, a luz de cada novo dia.

O PASSADO REFLETE-SE
NO PRESENTE

Em face da leitura da Mensagem do Graal persuadimo-nos da inflexível justiça que decide tudo na Criação. Nada, pois, sucede hoje que já não tenha sido preparado em outras eras, há centenas ou milhares de anos. Um dia a semente germinará, produzindo frutos.

Quanta gente existe, que martiriza o cérebro com o "porquê" das aparentes injustiças da vida! No entanto seria fácil encontrar a Verdade, se a procurassem. Sucede que a quase totalidade das criaturas humanas carrega um peso invisível hoje em dia, sejam elas ricas ou pobres. Os vestígios de suas vidas passadas evidenciam-se na vida atual, inclusive no corpo físico. Para os que têm conhecimento dessas coisas, não chega a ser muito difícil verificar em tudo a justa atuação da lei da reciprocidade.

Muitos perguntam como se explica que uma nação inteira sofra ao mesmo tempo. Ora, também isto pertence aos assuntos simples e fáceis. Uma nação compõe-se de indivíduos que, no suceder de diversas vidas passadas na Terra, traçaram previamente destinos semelhantes ou idênticos; em todo caso, afins.

As afinidades os reúnem novamente. Não obstante, também aqui se possa reconhecer modalidades diversas de destino. Por exemplo: encontramos aqueles que a boa sorte preserva milagrosamente durante calamidades, como guerras e outras catástrofes generalizadas numa mesma região.

Tais pessoas também passam por fases de angústias e períodos de sobressaltos, todavia nada lhes acontecendo além disso. A tecedura do destino delas pode ser de espécie igual à de seus semelhantes da mesma nação; porém não tão confusa e turva como a dos demais.

Com absoluta precisão, cada um colhe somente aquilo que realmente tenha semeado. Não há injustiças na Criação. Haja vista o que aconteceu anos atrás, quando faleceu a então esposa do presidente da República da Argentina, Eva Perón, formosa e jovem no consenso de seus patrícios e até no exterior; praticamente uma mulher abençoada, tal o quinhão de seus bens terrenos. Tão incansável e assídua era em sua obra de filantropia, que todos a reconheciam, inclusive os adversários. Seu povo denominou-a "mãe dos pobres". Por que, pois, essa mulher teve de deixar tão cedo a Terra?

O que vou narrar talvez conduza alguns à reflexão, ao menos os que buscam melhores conceitos dessas coisas.

A cena impressiona: à frente do palácio presidencial, onde se ergue o catafalco, a multidão se comprime, inconsolável e desalentada. Um anseio a impulsiona, forte e único: ver ainda uma vez os restos mortais da grande dama. Há atropelos, tumultos e até mortes no meio da massa popular, com inúmeros feridos. Todos desejam ver, mesmo por um instante, o vulto que tanto se afeiçoara ao destino de sua gente. Para evitar maiores consequências, o presidente assegurou ao povo que o corpo da falecida permaneceria exposto enquanto houvesse um argentino desejoso de ver a primeira dama do país. Dessa forma, o corpo permaneceu três semanas entre alvas orquídeas, num ataúde de ébano, fechado com tampa circular de vidro. Sucedeu que uma parte de seus admiradores pretendeu, até, enviar ao Papa petição de canonização da nobre senhora.

Que destino determinou, no passado, a vida dessa singular criatura?

Vejamo-lo: da Antiguidade surge seu retrato espiritual, primeiramente na Antioquia, aproximadamente um século após a morte de Jesus. Naquela época a Antioquia situava-se entre as magníficas cidades do Oriente. Os romanos, por isso, denominavam-na "pequena Roma". Próximo ao Templo de Júpiter, situado no alto, erguia-se o palácio do pró-cônsul romano. Depara-se ali uma cena: os funcionários e escribas falam a meia voz, em segredo, quase ao ouvido uns dos outros. Alguns dentre eles sorriem com desdém; a maior parte, no entanto, está apenas curiosa. Entra no palácio um seguidor do Nazareno crucificado. Esse adepto de Jesus deveria curar a filha cega do alto dignitário romano. Todos os meios de cura dos sacerdotes de Júpiter, com seus exorcismos, de nada valeram no caso. Eles haviam diagnosticado a moléstia, declarando tratar-se de um mal adquirido pela jovem Diana nos banhos do rio Orontes, cujas águas estariam contaminadas pelos resíduos dos navios, onde até peixes mortos apareciam boiando.

À família do dignitário e a ele mesmo eram indiferentes as causas da moléstia repentinamente manifestada, pois só lhes interessava ter a formosa jovem com a visão recuperada. Por isso, nem vacilaram em pedir que um adepto do Nazareno entrasse em seu lar. Tratava-se de pai Estêvão, uma figura idosa. E ele estava ali ajoelhado aos pés do leito da enferma, cabeça e braços erguidos em súplica. Que Jesus permitisse realizar-se o milagre. Em seguida à profunda oração, o adepto de Jesus colocou as mãos sobre a fronte da jovem. Depois lhe tocou o corpo e a sola dos pés. Jesus, o Filho de Deus, ajudaria. Estêvão acalentava inabalável fé no auxílio. Erguendo-se, contemplou a enferma ainda por algum espaço de tempo; depois, deixando-a deitada, afastou-se calmamente. Os parentes penetraram no aposento, na expectativa do que teria acontecido.

Será que o adepto do Nazareno conseguira o resultado? Sim, havia acontecido alguma coisa. Diana sentara-se e rompera em pranto. Chorava amargamente. Sobressaltadas, as pessoas da casa entreolhavam-se. Jamais presenciaram tanta lágrima a um só tempo. De repente, a torrente de lágrimas estancou. Diana, trêmula e vacilante, olhava em redor. Pois não enxergara de novo a luz? Não via de perto sua mãe e seu irmão? Deixou-se cair novamente sobre o leito e cerrou os olhos. Seria um sonho, talvez, o que ela vira. Nem ousaria entreabrir os olhos de novo. Não, faltava-lhe coragem para isso. Uma voz, porém, chamou-a pelo nome. Voz que não conhecia:

— Diana!

Assustada, a moça elevou os olhos e, abrindo-os, viu a seus pés um ancião, envolto numa longa capa pardacenta. Seus olhos fitavam-na bondosamente, atraindo o olhar da jovem.

— Diana, Jesus, nosso Senhor do céu, curou-te, tomado de grande amor. Ergue-te, pois, e vê novamente. Jesus te curou. Aquele que outrora foi crucificado.

As derradeiras palavras saíram em voz baixa da boca do adepto, mas todos ouviram-nas, sentindo cada qual uma singular sensação de culpa. Mediante a força e o amor de Deus, Diana havia recuperado a visão. Já fazia dois anos que a cegueira crescente a acometia. Longos anos de sofrimentos e desespero. Agora, fora curada por Jesus. Desde esse dia a jovem ligou-se estreitamente ao adepto do Senhor! Ele lhe ministrava o ensino e tudo quanto sabia sobre a doutrina de Jesus. E ela o acolhia, agradecida. O preceito "Ama a teu próximo como a ti mesmo!" penetrou-lhe o coração intensamente. Diana colocou-se a serviço da obra beneficente de Estêvão. O pró-cônsul colocara à disposição dele um vasto patrimônio para socorro dos necessitados, de modo que pudesse auxiliar muitos pobres. Logo Diana tornou-se pessoa conhecida no bairro dos pobres, bem como entre os cristãos abastados.

Quando Estêvão faleceu, foi substituído por um jovem. Fiel, sim, porém com a vista voltada para coisas meramente terrenas. Para ele, o socorro prestado aos semelhantes referia-se mais às necessidades materiais.

A vida de Diana continuava plenamente preenchida por sua cura maravilhosa. O corpo, sanado pelo amor de Deus. Devia, então, ajudar na cura e no tratamento do corpo alheio. Evidentemente, em seguida ao milagre, fez-se cristã. Parte dos parentes a seguiu. Entre outros seu irmão, Julio Tharaseas, que a auxiliou mais que todos. Enquanto os cristãos e seus mentores socorriam com exclusividade os cristãos, Diana devotava-se a qualquer pessoa, indiferente ao credo do beneficiado. Dedicava-se, contudo, mais ao bem-estar terreno dos necessitados.

Diana faleceu em avançada idade, na Antioquia, venerada e pranteada por muita gente.

Essa foi, em amplos traços, uma das passagens terrenas de Eva Perón. Nessa vida ela lançou a semente que, a despeito da bondade e dedicação aos semelhantes, deveria gerar posteriormente frutos de um pseudoamor ao próximo.

Descortina-se, além do anterior, um segundo quadro de suas vidas na Terra. Sucedeu haver-se encarnado novamente neste planeta, após curto lapso de tempo. Seu espírito fora atraído para um país onde imperavam, na ocasião, grandes necessidades: a França. Nascera no lar de ricos proprietários rurais, em Nanterre, recebendo o nome de Genoveva. Não contava ainda vinte anos, quando as hordas asiáticas comandadas por Átila puseram cerco a Paris, que nessa época chamava-se Lutécia. Os invasores pretendiam derrotar a cidade pela fome. Genoveva encontrava-se em Paris quando os terríveis invasores de Átila se aproximavam. Imediatamente tornou-se figura destacada para consolo e ajuda de seus semelhantes. Sua invulgar coragem estimulava nos outros a fibra da resistência. A jovem dirigia-se de grupo em grupo, exortando o povo a resistir, antecipando os quadros de horrores caso fossem vencidos. Colocaram-se ao seu lado ajudantes solícitos, para fomentar a resistência no povo.

Certo dia, a fome assoberbou-os, sobrepondo-se à coragem de todos. Genoveva então resolveu ir até à zona rural para obter, junto aos seus, o alimento imprescindível naquela hora. Para efetivar o plano urgia romper, ela mesma, o cerco da cidade. E nisso também recebeu ajuda. Os companheiros descobriram uma passagem por onde seria possível seguir. Ela se dirigiu a uma ponte, depois da meia-noite, mas um guarda a viu. Porém, ele se comoveu a tal a ponto com sua doçura e suas súplicas, que a deixou transpor o cerco. O guarda acreditava que ela apenas quisesse fugir.

Dias depois, Genoveva aproximou-se dos inimigos com carros carregados de alimento. Seus companheiros, dentro da cidade, haviam providenciado tudo de maneira a ser possível que os carros cheios passassem durante a noite por um outro ponto. Para tanto, a população esfaimada investiu contra os guardas locais, abatendo-os. Os famintos lograram receber assim valioso auxílio naquele grave momento. Cabia pouco para cada um; porém, estimulava-os, na continuação da resistência. Pouco mais durou o cerco. O inimigo desistiu dele, deixando as posições sem alcançar seus objetivos. O povo rejubilou. Genoveva fora aclamada. Consideraram-na salvadora da cidade sitiada. Faleceu aos cinquenta anos de idade, vítima de uma peste que costumava grassar de vez em quando por vários países do velho continente.

Anos mais tarde, foi santificada.

Passados muitos anos, a então Genoveva de outrora conseguiu encarnar-se em Portugal, vindo a nascer na casa real da época. Recebeu o nome de Leonor e foi esposa de D. João II. Período crítico para o reino. Revoltas e insurreições avassalavam o pequeno país. D. João, ao ascender ao trono, teve de lutar desde o início com uma parcela da fidalguia. Fidalgos rebelados faziam causa comum com Castela, para unificar o trono espanhol com o de Portugal. D. João encontrou em Leonor o estímulo eficaz para prosseguir na luta, dominando por fim a rebelião e governando como legítimo soberano. Ela ainda o exortava sempre a agir com indulgência e bondade como monarca. Graças à atuação da esposa, D. João foi cognominado "o Sábio". Uma só vez o soberano agiu contra a vontade da esposa: foi quando mandou executar o irmão dela, apanhado entre os rebeldes. Deveu-se igualmente a Leonor que milhares de judeus espanhóis encontrassem asilo em Portugal, quando na Espanha começou a reinar o fanatismo religioso. Prestou ela todo o auxílio possível aos perseguidos e desterrados.

Em seguida à morte de D. João, a rainha dedicou-se inteiramente a prestar assistência aos necessitados, fundando hospitais e conventos diversos, onde não raro ela mesma cuidava dos enfermos. Muitos pobres chamavam-na "mãe de misericórdia". Contrastando com duas outras rainhas portuguesas de igual nome, ela poderia realmente ser cognominada "misericordiosa".

Passou para o Além com avançada idade, sempre incansável. Leonor era neta de D. João I. Seu pai descendia de D. João Duarte. Esse nome, Duarte, aparece diversas vezes nas casas reinantes de Portugal. A referida existência de Leonor foi também abnegada e fértil em dedicações. O preceito "Ama a teu próximo como a ti mesmo!" havia sido terrenamente realizado.

Cerca de quinhentos anos após a vida terrena que acaba de ser narrada, o filantrópico espírito de Leonor teve mais uma encarnação na Terra, nascendo na Argentina, no meio de modesta família de província. Duarte é ainda desta vez o nome de família. Só mais tarde o mundo conheceu-a como Eva Duarte Perón, esposa do presidente da República Argentina. Por que partiu tão cedo essa alma benemérita? Muitos que nos leram até aqui teriam já encontrado a resposta. É mais fácil solucionar o aparente mistério para os que conhecem a Mensagem do Graal "Na Luz da Verdade". Foi uma dama que se entregou em vida a uma imensa obra de caridade. Isso num país que, em relação aos demais da Terra, conhece pouca miséria.

Eva organizou asilos luxuosos para os pobres, além de fundar várias outras instituições filantrópicas. Mostrava-se acessível pessoalmente a qualquer um que a procurasse. Ajudava quem lhe solicitasse. Sofria diante da circunstância de existirem ricos e pobres neste mundo. Só vislumbrava, entretanto, o lado material dos necessitados, pois espiritualmente, no sentido genuíno da palavra, havia caído em certa letargia. Auxiliou as massas, que em toda parte se mostram indolentes de espírito e descambam cada vez mais para o marasmo. Sucede, porém, que agora, no encerramento do grande ciclo de todos os acontecimentos, na maior parte dos casos somente o sofrimento, a miséria e a aflição mantêm espiritualmente despertas as criaturas humanas.

Eva tentou suprimir completamente as preocupações de ordem material, abolindo a penúria. Havia anos vinha sendo advertida para cuidar de seu estado físico, mas negligenciou os avisos em vista da própria negligência espiritual. Fosse ela espiritualmente desperta, seria também diversa a sua filantropia. Ela própria poderia ter recebido auxílio para melhoria do estado físico, visto ser, então, ainda possível a sua cura.

Na Terra só pode ajudar, efetivamente, quem estiver espiritualmente desperto. Caso contrário, tudo ficará obra incompleta. A grande dama teve por objetivo apenas o socorro material, sem reconhecer que ao espírito cumpre sobrepor-se ao corpo, para o indivíduo subsistir. Em sentido amplo, essa bem-intencionada senhora incitava tão só a indolência espiritual na grande massa que liderava.

Interessante conhecer uma particularidade "sui generis": prepondera no vasto número de seus fãs ou afeiçoados de hoje uma significativa parte de refugiados da Espanha de outrora e, em parte, daquelas pessoas salvas na França. Verdade é que figuram também, entre seus patrícios, simpatizantes, pessoas que a ela se ligaram já nos dias da Antioquia.

O guarda que participava das hordas de Átila, e que lhe permitiu passar pelo cerco de Paris, foi um dos mais próximos colaboradores de Eva Perón. Seu irmão, Julio Tharaseas, que na Antioquia pusera-se a seu lado, aliás, mais tarde, pela segunda vez, foi seu irmão em Portugal, e seu esposo nesta derradeira vida terrena.

Parte dos atuais membros da família Duarte da América do Sul, a que Eva pertenceu, fizeram parte da casa real portuguesa nos dias de Dona Leonor.

Fechou-se o ciclo. A linda meta da falecida não se efetivou numa autêntica realidade, porque o "Ama a teu próximo como a ti mesmo!" deve ter seu início no campo espiritual. Quem ainda não compreendeu o legítimo sentido do amor, jamais poderá pregar amor com eficiência, isto é, aquele amor que atua na justiça e na virtude.

SABER É PODER

A expressão "saber é poder" poderia corresponder à realidade, caso os seres humanos possuíssem um saber puro, um saber verdadeiro, um saber que viesse a dar a eles o conhecimento real e completo da atividade da vontade de Deus, vontade esta que se manifesta pelas leis da Criação.

O ser humano é também uma criatura da vontade divina, estando, portanto, sujeito aos efeitos das leis resultantes dessa vontade. Se desejarmos adquirir um saber verdadeiro, devemos antes de tudo conhecer a atuação dessas leis... e familiarizarmo-nos com elas. Isso feito, teremos então construído uma base certa para todo o saber e poder terrenos! Conhecendo as leis de Deus e seus efeitos, o espírito humano poderá desenvolver múltiplas capacidades para a sua máxima florescência!

Todo ser humano necessita hoje, muito mais do que em outras épocas, do saber da Criação. Necessita conhecer os efeitos das leis que atuam governando e guiando todos os mundos e todas as criaturas, para que não tenha de enfrentar, confuso e sem compreensão, os acontecimentos atuais na Terra.

Para cada um teria de constituir um enorme alívio saber como essas leis atuam em relação a sua existência humana, o que elas exigem dele, e como terá de viver para poder livrar-se dos fios do destino a ele ligados. Uma vez adquirido este saber, compreenderão então, claramente, as causas das inúmeras perturbações e discórdias existentes na Terra.

O ser humano procura e pesquisa em todos os campos! Fala-se acertadamente sobre o desejo e a sede de querer saber. Praticamente quase não existe nada que ele já não tenha investigado. O ser humano terreno deseja descobrir e esclarecer tudo, menos a sua vida e a sua existência.

Por que esse retraimento? Por que o ser humano recua assustado diante da revelação do mundo chamado transcendental? Ainda mais inexplicável se torna quando se considera que ele veio de lá, e que para lá deverá retornar.

Muitos são os motivos existentes para essa falta de saber. A maioria das pessoas admite, erroneamente, que tal saber está ligado ao espiritismo, ocultismo e outros credos semelhantes.

Afirmam: "O ser humano, hoje em dia, nesta época difícil que atravessamos, não teria tempo para estudos de tal espécie". Essa argumentação é completamente errada, considerando que os mencionados credos oferecem apenas uma parcela de saber. E nunca poderiam oferecer, na época atual, um apoio seguro. É certo que seus adeptos procuram um conhecimento mais elevado. Pressentem existir algo que pode elevar a criatura humana muito acima dos limites atuais do seu saber. Pressentimento certo, porém é pena que esses pesquisadores, adeptos de diversas tendências filosófico-religiosas, fiquem satisfeitos com o saber parcial encontrado e não prossigam com suas indagações, uma vez que todas as tendências espirituais hoje conhecidas representam somente um degrau para se atingir o caminho do saber total.

São apenas *degraus*, não o *alvo*. O alvo a ser atingido consiste em reconhecer a *Luz da Verdade* que hoje irradia na Terra, para a salvação da humanidade!

O espírito humano encontra-se cheio de dúvidas e desamparado perante os acontecimentos mundiais da atualidade, apesar do seu amplo saber terreno. Não obstante seu progresso em todos os setores, ele é impotente, seus conhecimentos não são suficientes para evitar e impedir guerras, catástrofes e também perturbações socioeconômicas. A pretensa fé em Deus, na maioria dos casos, não representa um apoio certo, pois geralmente se trata de uma fé cega. Entretanto, se o ser humano terreno estivesse realmente convencido da existência de Deus e de Sua atuação, jamais falaria em injustiças. Para ele existiriam somente justiça e amor puro... Reconheceria, então, a sábia condução da Luz em tudo.

O saber só se torna poder quando edificado sobre a Verdade. Somente dessa forma uma pessoa, com tal saber, encontrar-se-á livre e inabalável perante os acontecimentos do mundo. Possuindo este saber, conhecendo todos os efeitos das leis da Criação, nada mais poderá tornar o ser humano medroso, incerto e inconsciente. Em pequena e grande escala, essas leis são as melhores amigas dos seres humanos sempre que a elas se sujeitem e nunca se anteponham como até agora tem ocorrido.

Uma criatura que possua este real e total saber é livre e feliz... E mais feliz ainda se sentirá quando lhe for dada a oportunidade de indicar o caminho certo em direção ao sublime alvo para outras pessoas que anseiam pelo verdadeiro saber. Isso porque o seu conhecimento não é mais um saber fragmentado, mas sim um saber que se baseia no conjunto das leis da Criação.

AUTORES E REDATORES

Pouco antes de encerrar-se o expediente, um dos colaboradores do jornal ainda trouxe um trabalho. O redator, com ares de recusa, pegou o manuscrito e leu alguns trechos. A nova tendência do autor não lhe agradava em nada. Na atual era do átomo seria necessário ser realista, caso se quisesse progredir.

Depois de rápida leitura, colocou as folhas na escrivaninha e disse:

— Os leitores de nosso jornal não se interessam por coisas sobrenaturais... E quem, aliás, se preocupa hoje com a expressão, tão citada, de que existem muitas coisas entre o céu e a Terra, etc.? Além disso, ninguém gosta de ser lembrado da morte... nem se interessa em saber o que acontecerá depois ou o que sucedeu antes do nascimento... Não, quanto menos um ser humano se ocupar com o assim chamado "sobrenatural", tanto melhor para ele. Deve-se permanecer na superficialidade das coisas... O senhor está esquecendo de que estamos prestes a conquistar o Universo e fabricar crianças em tubos de ensaio. Envelheci encarando a vida sempre de um modo realístico, e da mesma maneira pensam também os nossos leitores!

Depois dessa explanação o redator olhou mal-humorado para o colaborador. Como ele permanecesse calado, perguntou impacientemente se não poderia voltar a escrever histórias leves, agradáveis e humorísticas. Aliás, no estilo que sempre escrevera.

Sorrindo, o autor meneou a cabeça, dizendo:

— Exatamente por nos entregarmos a esperanças ilusórias, como a de poder conquistar o Universo e de estarmos prestes a fabricar crianças através de tubos de ensaio, é que estou farto de escrever coisas superficiais. Apesar de toda essa atitude realística, milhões de seres humanos vivem num contínuo estado de medo! Por que é assim? Além disso, é um erro acreditar que todos os nossos leitores pensam exatamente como o senhor!

O redator fez um gesto negando:

— Nós, como seres humanos de cultura elevada, devemos estar com os pés firmes no chão da vida, acreditando apenas naquilo que vemos!... Nesse momento ele foi interrompido, pois sua esposa entrou na sala da redação, a fim de buscá-lo.

— Estamos hoje com pressa, disse a mulher, desculpando-se com o colaborador. Ontem sonhei nitidamente que minha neta havia adoecido gravemente, de modo que resolvemos partir ainda hoje para junto das crianças, no sítio.

— Sonho? perguntou o colaborador com surpresa, olhando divertido para o casal. Vocês ainda acreditam em sonhos? Pois a senhora não sabe que já conquistamos a Lua, uma vez que da velha e boa Terra presumivelmente pouco restará?!

O redator, sentindo-se pouco à vontade, tomou seu chapéu e empurrou sua esposa para fora com um olhar fulminante dirigido ao colaborador, que recostado na escrivaninha sorria com o manuscrito na mão.

A mulher do redator disse ao marido:

— Como você pode permitir que um cínico tão frio e desalmado escreva para o nosso jornal? Ele deveria alojar-se na Lua...

Aborrecido e sumamente contrariado, o redator conduziu energicamente a esposa para fora, batendo a porta atrás de si... Pois bem, já deveria ter percebido que a sexta-feira sempre fora um dia de aborrecimentos para ele...

O SER HUMANO
E O VÍCIO DE FUMAR

Um dos mais funestos pendores pelo qual o ser humano se deixou dominar é, sem dúvida, o vício de fumar. Esse pendor mostra, mais claramente do que qualquer outro vício, como o ser humano é pobre de espírito e vazio. Igual a um surto epidêmico, esse mal se tem alastrado sobre a Terra, apenas com a diferença de causar maiores danos ainda, pois não só conspurca o corpo terreno, como também o corpo de matéria fina.

O ser humano intelectivo de hoje necessita de todos os meios de autoilusão para preencher o vazio interior, a incerteza ou a insegurança íntima, que refletem o ambiente em que vive.

Como um escravo, ele se deixa dominar por toda espécie de vícios, paixões e pendores, ao invés de libertar-se de todos esses males, a fim de, como ser humano espiritualmente livre, poder atuar de modo justo e dominador no sentido do bem.

No que se refere ao hábito de fumar, aparentemente inofensivo, vício a que tantas pessoas de índole boa ainda se entregam, é na realidade uma cilada, habilmente camuflada pelas trevas. Pois num fumante viciado a boca de seu corpo astral deforma-se de tal modo, que apenas se vê um orifício redondo e negro, reluzente, como se fosse recoberto de piche. Através desse respiradouro negro, semelhante a uma chaminé, pode-se ver, em idênticas condições, como as incrustações de piche vão descendo até o estômago, por meio de um conduto tubular. Às vezes encontram-se em uma boca assim deformada alguns dentes tortos e pontiagudos, dando o aspecto de uma serra. Desse orifício, assim incrustado, exala um horrível e penetrante cheiro, que causa fortes dores no nariz e nos olhos de todos os espíritos luminosos que se aproximam de uma alma assim viciada. Esse penetrante e irritante cheiro afugenta todas as forças da Luz.

Um fumante, mesmo tendo algo de bom dentro de si, já se exclui de toda ajuda, não obstante necessitar imensamente de auxílio para livrar-se do carma e consequentemente libertar seu espírito. E é isso exatamente o que os servidores das trevas querem: *que o ser humano se afaste cada vez mais da Luz!*

Ao invés de enteais e guias luminosos, acorrem então criaturas oriundas das regiões mais baixas que, por intermédio de maus conselhos, fazem com que o assim viciado não mais consiga distinguir o certo do errado, tornando desse modo turva a faculdade de julgar. Seu desenvolvimento espiritual acaba por estacionar e consequentemente retroceder.

Além de a alma de tal indivíduo ficar rodeada por essas criaturas escuras, junta-se ainda a elas um grupo de almas presas à Terra – que quando ainda em corpo terreno estava entregue ao mesmo vício – impelidos agora pelo desejo de usufruir aquilo conjuntamente. A ânsia de fumar dessas almas viciadas transmite-se, muitas vezes, de forma opressiva através do plexo solar, do cerebelo e do delicado sistema nervoso do ser humano terreno entregue ao mesmo vício. Cedendo a essa ânsia de fumar, ele sente-se melhor e mais liberto, supondo então que o fumar "acalma os nervos".

No entanto, essa suposição é falsa. Na verdade ele não acalmou os nervos, apenas satisfez o desejo dessa multidão de almas presas à Terra, que constantemente o atormentavam quando não fumava. E como seria fácil para cada fumante libertar-se desse pendor impuro! Libertar a si mesmo e aos que estão presos à Terra, de um momento para outro, através de sua força de vontade. Precisaria apenas querer realmente!

Se a mulher não houvesse decaído tanto, jamais o vício de fumar se teria espalhado de tal maneira. Ela, que foi destinada pelo Criador para ser a intermediária das irradiações da Luz, deveria ter sentido, por meio de sua intuição, a impureza desse pendor. Para toda mulher sensível somente o *odor que envolve* um fumante deveria causar asco e repulsa. Deu-se, porém, o contrário: ela entregou-se de corpo e alma a esse mal, tornando-se assim mediadora de correntes escuras. Sendo casada e mãe de família, *a mulher que fuma* impossibilita aos seus de haurirem aquelas forças luminosas que são imprescindíveis a uma vida sadia. Por maiores que sejam os cuidados materiais e higiênicos que a mulher proporciona aos seus, jamais podem substituir as irradiações que ela deve transmitir.

As consequências desse falhar são: crianças doentias, nervosas, e maridos descontentes. E ela mesma, ainda que possua algo de bom dentro de si, torna-se um joguete de irradiações escuras. Medo, tristeza, falta de ânimo, acessos de choro, aparentemente sem motivos, e crises nervosas tornarão bem amarga sua existência.

Nenhuma mulher, que pelo menos parcialmente mereça a denominação de mulher, pode viver impunemente na Terra, em paz e alegria, sem as irradiações puras, pertencentes à sua natureza.

Próximo a uma mulher de boas irradiações encontram-se não só auxiliadores espirituais da Luz, como também estará sempre rodeada por um número indefinido de grandes e pequenos enteais que, cheios de alegria, lhe prestam auxílio em todos os afazeres femininos. Esses mesmos seres, horrorizados, afastam-se em face da impureza pungente da atmosfera que rodeia uma mulher fumante.

Mulheres que tinham o hábito de fumar foram encontradas, pela primeira vez na história da humanidade, nas sete cidades que tiveram de sucumbir, das quais duas, *Sodoma e Gomorra*, são conhecidas através da Bíblia! Esses acontecimentos ocorreram há cerca de cinco a seis mil anos, e seus habitantes foram também destruídos por causa dos seus pecados.

Naquela época as sacerdotisas faziam uma espécie de charutos de folhas aromáticas, dentro dos quais era misturada certa erva entorpecente. Fumar esses charutos era privilégio das mulheres, a cujo vício se entregavam com o maior prazer.

Embora o hábito de fumar, hoje em dia, seja diferente, o seu *efeito na matéria fina* continua o mesmo. E como os auxiliadores luminosos não podem aproximar-se de um fumante, automaticamente fica aberto o caminho para a influência das trevas.

Além do prejuízo que causa à alma, o ser humano realmente nunca poderá imaginar como prejudica seu corpo terreno. Em todos os lugares onde se fuma dá-se uma desintegração de determinadas partículas invisíveis da atmosfera, as quais podem ser designadas como alimento dos nervos.

Justamente a destruição dessas partículas afeta os olhos, nariz, garganta, enfim o aparelho respiratório em geral, tornando esses órgãos extremamente sensíveis a doenças. Embora os médicos ainda não tenham encontrado a realidade desses fatos, isso não deixa de ser verdadeiro.

Como corpo e alma envolvem-se em íntima ligação, torna-se fácil compreender como ambos sofrem, cada qual de acordo com a sua contextura. Contudo, somente na alma é que se pode ver imediatamente os efeitos de todas as atuações boas ou más. Não há como esconder! A alma reflete o que o ser humano realmente é. As marcas de cada vício, paixões, cobiças e pendores, isto é, toda concepção errada de vida e sua maneira de viver pode-se evidentemente observar no corpo astral da alma.

AUXÍLIOS QUE O SER HUMANO DE HOJE NÃO CONHECE MAIS

Lendo o noticiário sobre o terremoto que recentemente deixou o Peru em pavor e pânico, lembrei-me de Margarita e de seus filhos, salvos de modo tão extraordinário do terremoto que abalou esse país em 1966.

Margarita morava havia anos com seu marido, um caixeiro-viajante que vendia artigos plásticos, seus filhos gêmeos de sete anos, Blanca e Ângelo, e a pequena Nina, de cinco anos, numa das localidades totalmente destruídas por aquele fenômeno sísmico, localidade cujo nome não me lembro mais.

Na época daquele acontecimento Margarita estava sozinha com Blanca e Nina. Seu marido José encontrava-se em longa viagem de negócios, e Ângelo estava junto de sua avó, visitando-a.

Certa tarde, aproximadamente dez dias antes do terremoto, Margarita teve sua atenção voltada para um barulho esquisito que parecia provir das gaiolas de pássaros penduradas no quintal. Ela estava cuidando dos passarinhos (nove ao todo) pertencentes a um primo que sofrera um acidente de ônibus. Ele, gravemente ferido, teve de ficar internado num hospital distante.

O ruído que ela ouviu veio realmente das gaiolas. As avezinhas esvoaçavam, debatendo-se contra o gradeamento, como que em pânico. Apavorada, Margarita olhou para os bichinhos. Ambas as crianças começaram a chorar, quando viram um dos passarinhos caído no chão da gaiola com a cabecinha machucada... Margarita cobriu as gaiolas com panos e encheu o comedouro com novo alimento. Mas nada adiantou. As avezinhas continuavam a se debater apavoradas contra as grades...

Agora Margarita também estava tomada de medo, um medo inexplicável, enquanto observava os esforços desesperados dos passarinhos, que geralmente eram quietos. Queriam ficar livres. Algum perigo ignorado por ela parecia ameaçá-los. Pois bem, eles seriam libertos. Fazia tempo que sentia pena desses pequenos prisioneiros. Abriu as gaiolas, pegou as avezinhas amedrontadas e as deixou voar. Que voltassem à serra, onde o primo as havia apanhado.

Logo os passarinhos voaram e foram embora. Contudo, a sensação de medo permanecia. Margarita sentia-se deprimida e irrequieta. As crianças não estavam alegres e arteiras como geralmente acontecia. Quando anoiteceu ela os levou para a cama, e logo adormeceram.

Margarita ficou ainda algum tempo acordada, refletindo sobre o comportamento esquisito dos pássaros. Isso significaria alguma coisa... Será que alguma desgraça ameaçava os seus?... Se ao menos pudesse falar com seu marido sobre tudo isso, ou então com sua mãe...

Com o coração pesado ela deitou-se também. Quando a aurora anunciou o amanhecer, acordou com fortes batidas no coração. Ao lado de sua cama estava Blanca, já toda vestida, e com a pequena maleta de excursão na mão. Ao seu lado, Nina, sentada no chão, tentava calçar os sapatos.

Sem dizer palavra alguma, Margarita olhou para suas filhas...

— Levanta mãe, Ângelo nos chama. Temos de ir até a vovó, depressa! Depois dessas palavras, Blanca abaixou-se para ajudar a irmã menor a calçar as meias e os sapatos.

Margarita, toda alarmada, observava as crianças. Lembrou-se no mesmo momento dos passarinhos amedrontados. E agora, também as crianças queriam ir embora...

— Sim, Ângelo chamou tão alto que eu pude ouvir daqui, repetia Blanca sempre de novo, enquanto lágrimas corriam por seu rostinho.

Margarita levantou-se e vestiu-se rapidamente. Pensou em sua mãe e em seu pequeno filho. Será que algo lhes acontecera? Sim, alguma coisa se passara. Ainda conseguiram tomar o ônibus das seis horas... E agora se dava com ela o mesmo que se dera com os pássaros: queria sair de casa o mais rápido possível.

Depois de viajar catorze horas, Margarita chegou com suas filhas ao destino. Ao ver Margarita, a avó ficou alegre e aliviada. Ela e Ângelo gozavam de boa saúde, contudo nas últimas noites o menino havia chamado várias vezes por sua irmã, tendo depois começado a chorar muito...

Margarita suspirou aliviada quando viu a mãe e o filho com boa saúde. Nada havia acontecido. Não obstante, tinha de existir alguma explicação para o pânico repentino dos passarinhos.

Tal explicação veio poucos dias depois, quando souberam do terremoto que havia destruído a localidade de onde vieram.

Hoje, tais casos extraordinários de salvação, como se deu com Margarita e suas filhas, ocorrem mui raramente, porque os seres humanos não mais ouvem a voz interior e nem possuem mais quaisquer ligações com a natureza.

Em tempos remotos, quando eles ainda eram mais receptivos, ninguém sucumbia devido a fenômenos da natureza. Eram advertidos a tempo e conduzidos para além das regiões em perigo, de modo que ninguém ficava à mercê das forças da natureza.

Esses acontecimentos naturais são fenômenos necessários. Trata-se sempre de transformações indispensáveis no interior da Terra ou em sua superfície. Nenhuma criatura humana de outrora teria a ideia de designar como catástrofes os fenômenos naturais de transformação da Terra.

Hoje, e já há muito, isso é diferente. Desde que o ser humano se afastou do caminho da Verdade, nenhum dos entes da natureza pode mais se aproximar dele e ajudá-lo.

E, consequentemente, os grandes acontecimentos da natureza têm de efetivar-se catastroficamente para a humanidade, que nos dias atuais sofre a reciprocidade de seu atuar incorreto.

"A NATUREZA, EM SUA PERFEIÇÃO CONSENTÂNEA COM AS LEIS DA CRIAÇÃO, É A MAIS BELA DÁDIVA QUE DEUS DEU ÀS SUAS CRIATURAS!"*

Quando ainda existia a ligação de mútuo amor entre os seres humanos e os enteais, um fulgor brilhante perpassava a aura humana. Esse fulgor atuava como um ímã sobre todos os entes da natureza, que de sua parte tudo faziam para alegrar os tão queridos "entes espirituais" e, onde estivesse ao seu alcance, embelezavam e facilitavam-lhes a vida. Por toda parte na Terra o amor enteálico protetor envolvia os seres humanos...

Desde há muito essa ligação, que era uma límpida fonte de alegria, está destruída, e os fiéis servos do onipotente Criador, os enteais, fogem das criaturas humanas. O abismo que se abriu entre os entes da natureza e os seres humanos tornou-se quase intransponível.

Hoje, na época do Juízo, novamente vivem seres humanos na Terra que acreditam firmemente nos enteais e desejam ansiosamente poder ver, pelo menos uma vez na vida, os gnomos, os elfos, os gigantes e

---

* Mensagem do Graal, vol. 3, "Natureza".

muitos outros. Eles se perguntam, com uma espécie de saudoso pesar, por que não lhes é concedido realizar esse desejo, apesar de sua fé firme.

A fé e o desejo não bastam para restabelecer uma ligação destruída! Para isso é necessário mais.

Mesmo se a ponte não estivesse destruída, os seres humanos de hoje não poderiam ver os enteais. Já as tantas formas de pensamento que os envolvem e perturbam como importunos enxames de moscas, desde que se iniciou o cultivo unilateral do cérebro anterior, formam um obstáculo intransponível. Cada um por si vive no meio de um matagal de formas criadas por ele mesmo, impedindo e tornando impossível visões mais amplas.

Poder ver os enteais quase não é mais possível sob as atuais circunstâncias. Contudo, o ser humano de vontade pura pode fazer com que eles novamente lhes sejam favoráveis e se aproximem dele, ao dar algo! Não apenas desejando alguma coisa ou acreditando neles. Somente dando é que se pode receber! O ser humano tem de dar algo! Dar! Dar, colocando-se diante da natureza, protegendo-a, bem como os animais que a ela pertencem! Dar, opondo-se com todos os meios à sua disposição aos inúmeros crimes que diariamente, até de hora em hora, são cometidos contra a natureza! Dar, fazendo ouvir sua voz em benefício da natureza, do mais belo presente de Deus!... Por amor a tudo o que foi criado!

Quem agir nesse sentido pode, apesar da ligação destruída, conquistar a simpatia dos enteais, talvez até mesmo seu amor! O amor dos enteais é um presente inimaginavelmente precioso. Ele desperta o bem no ser humano; significa alegria, alegria até em dias escuros, e proteção!

Um ser humano que conquistou esse amor irá senti-lo ou percebê-lo de algum modo. Sentir-se-á mais seguro e protegido. Advirá também mais movimento em sua existência, e muita coisa melhorará de modo misterioso!

Do carma, aliás, os enteais não podem libertar ninguém! Porém, a proteção e ajuda deles são de inestimável valor, pois eles muito podem aliviar e até desviar.

O ser humano terá de dar! Dar, e não apenas acreditar, desejar e exigir. Somente dando é que se pode receber. Dar no sentido certo! Quem compreendeu isso se tornou um novo ser humano! Um ser humano ligado em amor a todas as criaturas e que se utiliza de seu elevado saber espiritual para a bênção de muitos!

A transformação de uma pessoa nesse sentido não ficará escondida, pois, como outrora, um fulgor brilhante iluminará sua aura, ligando-a em amor com os povos enteais. Na Terra, e por toda parte onde chegar.

Finalizando, segue um trecho da dissertação "Mulher e Homem", da Mensagem do Graal de Abdruschin, vol. 3:

"O enteal atua e tece com fidelidade no lar da grande Criação, enquanto o espiritual deve ser considerado nela como hóspede peregrino, que tem a obrigação de adaptar-se harmoniosamente à ordem do grande lar, apoiando beneficiadoramente como melhor puder o atuar do enteal. Deve, pois, colaborar na conservação da grande obra que lhe oferece morada, pátria e possibilidade de existência".

EXISTEM MUITAS COISAS ENTRE O CÉU E A TERRA...

Num dos grandes campos de prisioneiros da Europa aconteceu o que aqui será relatado:

Três prisioneiros estavam sentados juntos num dos pátios, bastante desconsolados, pensando nos muitos meses que já tinham passado naquele casarão de desgraça. Duas dessas pessoas já não vivem mais. O terceiro emigrou, vivendo contente em sua nova pátria.

Desses três homens, dois eram cristãos: um conceituado advogado e um conhecido jornalista. O terceiro era um velho judeu, de nome Aarão, que se tornara muito rico com a fabricação de capas de chuva.

Certo dia deu-se a rara oportunidade de os três poderem conversar por mais tempo. Aarão estava sentado, quietinho, encostado à parede, enquanto os outros dois davam vazão ao seu rancor, falando baixo. De repente, Aarão interrompeu a conversa dos dois, dizendo num singular e claro tom de voz:

— E, no entanto, acredito numa justiça, justamente aqui neste campo; isso se tornou certeza para mim.

Duvidando, seus dois companheiros de infortúnio fitaram-no. "Será que ele também já havia enlouquecido?"

— Não existe justiça; o ser humano está sujeito a qualquer poder arbitrário, disse o advogado com desdém.

O jornalista deu uma risada amargurada e acenou concordando. Aarão, contudo, não se deixou confundir. Continuou falando como se não tivesse ouvido o aparte de ambos.

— Meu filho está a salvo. Vive na América, livre de qualquer penúria e perseguição. Por quê? Ele é jovem e ainda está isento de culpas...

O advogado interrompeu-o, dizendo:

— O senhor não contou que o moço se enamorou de uma moça americana? Ele, pois, correu atrás dela, e como por acaso ela era uma americana, ele foi até a América.

— O que esse namoro tem a ver com justiça eu não compreendo, observou também o jornalista.

Aarão não deu ouvidos também para essa objeção. Diante de seus olhos surgiu a imagem de seu alegre filho. Martin sempre tinha sido um bom filho. Lágrimas corriam dos olhos do ancião. Com uma expressão de dor, estava prestes a cair. Os dois queriam ampará-lo e deitá-lo, contudo uma força descomunal parecia dominar de repente o corpo idoso, pois Aarão aprumou-se e, com um olhar quase determinador, olhou para longe. Ao mesmo tempo estendeu seu braço e fechou a mão, com o polegar indicando para baixo. Pasmos, seus companheiros olharam para o estranho comportamento do velho. Um deles tocou com o dedo a testa, para dizer que aí algo não estava mais certo. Quando Aarão baixou o braço, voltando a si, os dois o deitaram no piso de placas de pedra. Escutaram as batidas do seu coração... ainda estava vivo... que ficasse deitado ali, morrendo, se a hora tivesse chegado. Quietos, permaneceram sentados ao lado dele, olhando sombriamente para frente.

Devia ter passado mais ou menos dez minutos, quando a vida retornou ao velho corpo. Ele abriu os olhos, olhando com nitidez em redor. Vendo seus dois companheiros de infortúnio, fez um movimento. Deviam ajudá-lo a levantar-se e recostar-se na parede. Isso feito, acenou para ambos. Mais perto, mais perto ainda... Quando então se aproximaram suficientemente para poder entender suas palavras, ele dirigiu-se ao jornalista e começou a falar em voz baixa, mas com clareza:

— Uma rajada de ar frio atingiu-me, e foi como se essa correnteza fria quisesse puxar a vida do meu corpo. Após essas palavras Aarão olhou para cima, a fim de verificar se ambos o escutavam. Quando acenaram afirmativamente, ele continuou:

— Vi-me transportado para uma cidade estranha, cidade importante e poderosa há milênios: Roma. Sabia que era na época de Nero... Chamavam-me Levi, e eu era um judeu. Ouvi o grito de milhares: "Imperador, dê-nos pão e jogos! Cereais e lutas é o que queremos!" Eu, Levi, virei-me com desdém. Naturalmente a gritaria vinha do circo Maximus. Que outra coisa se poderia esperar desses pagãos? Nero não passava de um blasfemador e pagão! Afastei-me apressado das proximidades do circo, dirigindo-me para o bairro dos judeus.

Aarão fez uma pequena pausa, inspirou profundamente e prosseguiu:

— Ao chegar perto da casa de orações dos judeus, Levi começou a rir desdenhosamente, pelo fato de essa sinagoga ter sido construída com o dinheiro dos pagãos, e isso fez com que se esquecesse de muitas coisas. Também ele ficara rico valendo-se dos pagãos. Poderia voltar para a Palestina, mas desde que a crença no Nazareno crucificado começara a alastrar-se, também lá não era mais como antigamente. Mesmo aqui essa crença começara a difundir-se, embora clandestinamente... Quem poderia garantir que esse Nazareno crucificado era realmente o Messias? Não, estão blasfemando contra Jeová...

Levi estava prestes a atravessar a ponte do rio Tibre quando cruzou com um legionário. Com a saudação "salve Mercur" o soldado cumprimentou-o meio risonho, meio sarcástico. Quando percebeu que Levi fez uma careta, deu uma gargalhada e disse:

"Eu sei, Levi, que não te importas com Mercúrio, mas pareces oferecer muito a Baco!" Com essas palavras ele imprimiu seu dedo gordo na barriga mais gorda ainda do judeu.

O judeu Levi se deu conta do tom jocoso do soldado e perguntou:

"Dize, Cipriano, quando teu serviço te levará novamente de volta para a Antioquia? Quando?"

"É incerto", respondeu o indagado. "Certamente devo levar outra vez uma missiva tua?" Levi acenou afirmativamente. Cauteloso, o legionário olhou em redor.

"Que achas, Levi? Não seria aconselhável fazer o sacrifício de um copo a Marte? Vê a entrada da taverna ali…"

Levi compreendeu. De modo afetado e bem lentamente mexia em sua miserável capa, fazendo aparecer finalmente uma moeda de ouro. Rapidamente essa moeda desapareceu nas mãos de Cipriano, que se despediu sem demora, conclamando ao outro todos os bons desejos dos deuses. Ninguém devia ver que ele se rebaixara a ponto de lidar com um judeu no meio da rua, muito embora o dinheiro do judeu houvesse alegrado a sua vida no Oriente. E as compensações não eram difíceis de executar...

Levi seguiu com o olhar o legionário, que se afastava correndo. Ele conhecia Cipriano havia longo tempo, e muito antes já conhecera a mãe dele, que possuía uma loja de ervas nas proximidades da ponte do rio Tibre.

O legionário, porém, não foi para a Antioquia tão rapidamente. Em Roma começara uma perseguição aos cristãos, e ele também teve de participar dela. Os judeus de Roma triunfaram. Finalmente algo seria feito contra essa seita. No mesmo dia em que soube da ordem de perseguição aos cristãos, o núcleo judaico mandou uma elevada soma em dinheiro ao prefeito de Roma.

Levi, que mantinha contato tanto com os escravos como com os servos do palácio, estava bem a par de todos os acontecimentos. Ele mesmo indicou também os locais onde cristãos costumavam reunir-se. Embora às vezes... essas acusações o oprimissem, sentindo-se de algum modo culpado...

Certo dia Cipriano apareceu na loja da mãe, contando que estava prestes a participar de uma importante missão. Um grande local de reuniões dos cristãos, até então desconhecido, havia sido descoberto... Enquanto o soldado dizia tudo isso, despreocupadamente, uma jovem mulher entrou na loja, carregando um maço de ervas. Assustada, fitou o soldado... outra vez um veredicto de morte para muitos de seus correligionários...

Cipriano, percebendo por acaso o susto da mulher, sentiu-se tocado de modo singular pela expressão dos olhos dela. Sabia que tinha uma cristã diante de si e, farto de perseguir constantemente mulheres, moças e crianças, em voz alta indicou o local onde deveria ser feita a ação punitiva. Não sabia por que fazia isso. Se teria sido o olhar e o pavor da mulher a causa, ou repúdio a si mesmo, pois no fundo de seu íntimo se manifestava contra essas perseguições, isso ele não sabia. Que a jovem mulher salvasse os seus. Não lhe importava... Quase estarrecida de pasmo, a mulher olhou para ele; um olhar de indizível gratidão o atingiu. Chegando mais perto dele, disse:

"O amor de Jesus te acompanhe em teus caminhos." Depois dessas palavras ela se desfez do maço de ervas, desaparecendo rapidamente.

Os cristãos foram advertidos por ela. Daquela vez puderam escapar do ódio dos seus semelhantes.

Quando Cipriano, um pouco mais tarde, deixava a loja da mãe, encontrou o judeu Levi. Este disse satisfeito:

"Pois bem, as vossas cadeias estão repletas de sectários. O que será feito com eles?"

Cipriano estendeu o seu braço, mostrando o punho com o indicador para baixo:

"Serão condenados então."

Levi de repente se sentiu mal. Havia entre os cristãos também aqueles que ele e os seus haviam traído. Não, não, já havia corrido sangue demais. Com esforços ainda arrastou-se um pouco, depois caiu morto. Na madrugada do dia seguinte, mendigos o encontraram. Saquearam-no e atiraram seu corpo no rio Tibre.

O velho Aarão calou-se. Como que falando consigo mesmo, disse:

— Hoje sou Aarão, contudo vivi uma vida como Levi. Eu vi Roma, vi a sinagoga. E Cipriano? Ele não se assemelhava a Martin? Sim, era Martin, hoje meu filho... E a jovem mulher das ervas, não tinha os olhos da noiva do meu filho? Ela o salvou, e ele, como Cipriano, salvara-a e aos seus!...

As últimas palavras os dois ouvintes não mais puderam entender. Aarão apenas murmurava baixinho para si mesmo. Ainda uma vez ergueu-se, olhando para o céu.

— Ó grande Deus, perdoa a minha culpa!

Esse pedido de perdão foi nitidamente compreensível. O advogado tocou novamente com o dedo a testa e disse:

— O que precisa ser perdoado ao velho? Não sofreu suficientemente na prisão?

O jornalista ficou tocado de modo singular pela narrativa do velho. Será que seria possível o ser humano viver várias vezes na Terra?... Haveria mesmo uma justiça? Serenamente, olhou para baixo, para o ancião que novamente estava estirado por sobre as placas de pedra, visivelmente moribundo. E recordou-se das palavras que já muitas vezes ouvira:

"Existem muitas coisas entre o céu e a Terra..."

DESTINOS HUMANOS NO
DECORRER DO TEMPO

Saindo do escritório do advogado, Laura parecia ter envelhecido uma década. Seu marido, com quem estivera casada dez anos, a abandonara definitivamente. Estava agora sozinha... Pois Míriam, sua pequena filha, sempre se sentira mais atraída pelo pai do que por ela. Com certo ciúme lembrou-se da criança. Esta, sim, possuía o amor do homem que agora a estava abandonando impiedosamente. Ao mesmo tempo teve de confessar a si mesma que seu matrimônio, desde o início, tinha sido um rosário de desavenças e incompreensões. No entanto, havia realmente amado seu marido e continuava a amá-lo.

Onde, pois, estava a causa de tudo ruir a seu redor? Como já em tantas outras vezes, seus pensamentos procuravam também hoje o motivo de sua existência sem paz... Afinal de contas, seria realmente culpa da mãe dela o marido ter-se afastado? Desde o início tinha havido pouca confiança e muito menos amizade entre essas duas pessoas.

Revolta contra o destino injusto surgiu no íntimo de Laura. Amargurada, brincava com os pensamentos de vingança e de suicídio durante dias a fio. Contudo, sabia muito bem que toda a sua revolta nada valia, seu marido nunca mais voltaria para ela.

Acusadoramente perguntava sempre de novo ao destino por que era tão infeliz, enquanto outras pessoas a seu lado eram felizes. Não tinha vivido sempre exemplarmente e não havia cumprido fielmente os seus deveres?

"Sim, nesta vida foste fiel!", Laura estremeceu, olhando em redor. Não tinha entrado alguém no quarto e falado com ela? Mas não, se enganara. Decepcionada, fechou os olhos e novamente recostou a cabeça no travesseiro.

No entanto, Laura havia intuído corretamente. Seu guia espiritual é que se encontrava perto dela, falando insistentemente para sua alma, com imagens vivas. Ela não via a grande figura masculina, envolta num manto cinza, que olhava para ela de modo sábio e cheio de amor; mas a sensação de desespero e abandono desapareceu de repente. As palavras do guia espiritual tiveram um efeito singular e animador sobre o espírito da mulher mergulhada na dor.

"Levanta-te e olha para cima, para a fonte de toda vida! Deus, o Senhor, criou o mundo de modo perfeito! Felizes, alegres e contentes todas as criaturas deveriam viver nele."

Timidamente, a alma de Laura abriu os olhos, olhando para cima. Como que ofuscada baixou a cabeça. Por que tinha sido excluída dessa magnificência?

"Não foste excluída, pois Deus é a justiça. Procura a causa de tua atual tristeza terrena!" O guia ou auxiliador espiritual empenhava-se com todas as forças a ele disponíveis em favor da alma, no fundo, aliás, boa.

"Olha para trás, para uma de tuas vidas terrenas anteriores. Terás de reconhecer a semente dos frutos de hoje." Depois dessas palavras o guia colocou a mão na cabeça de Laura, transmitindo a ela forças para ver alguns quadros, que ela mesma outrora havia vivenciado e formado...

Laura viu a si mesma, contudo não era Laura, mas sim tinha um outro nome, que soava de modo bem familiar em seus ouvidos: "Mignon".

Ah! sim, já vivera na Terra como Mignon. Bem natural lhe parecia agora esse saber. Fora num outro país e numa outra época...

Ela assistia a um casamento, o de sua amiga Janet. Parecia até cômico como Janet se esforçava em virar-se e mover-se, vestida com saia rodada; queria agradar a todos os visitantes. Mignon olhava para seu primo Jerome, que hoje se casava com Janet. Jamais lhe parecera tão desejável como agora.

— Jerome teria sido teu, se apenas tivesses tido vontade, sussurrou uma voz ao lado de Mignon. A moça fez um gesto de recusa e fixou o olhar nos olhos da mulher a seu lado. Era a mãe de Jerome. E Mignon sabia que ela reprovava o casamento de seu filho com a pobre Janet. Mas agora era tarde demais para pensar sobre como poderia ter sido.

No entanto, permanecia um espinho no coração de Mignon. Jerome era feliz com Janet. No íntimo, Mignon esperava que o primo se casasse com ela. Frequentemente havia demonstrado a ele o seu afeto.

Vários meses mais tarde, Mignon casou-se com um homem que já havia algum tempo a cortejava. Quase dois anos depois, no entanto, tornou-se viúva. Seu marido fora ferido em uma briga por causa de divisas, falecendo em consequência disso. A jovem mulher suspirou aliviada, pois não amava aquele homem e agora estava livre novamente.

Seus pensamentos, desejos e esperanças começaram novamente a girar em torno de Jerome. Janet era feliz; será que ela mesma não poderia ser? Jerome era seu primo, poderia convidá-lo... Além disso, necessitava da ajuda de um advogado...

E assim aconteceu: Jerome, atendendo aos insistentes pedidos de Mignon, visitou-a em sua casa, a fim de aconselhá-la nos assuntos da herança. Quando ele então se achava próximo dela, ela começou queixando-se amargamente de sua solidão. Mas Jerome apenas sorria, mencionando em tom divertido os admiradores que já estavam reaparecendo... Mignon não acompanhou seu tom de brincadeira. A ocasião era favorável demais... tinha de conseguir que o primo agora a visitasse com mais frequência. Ela lhe pediu com lágrimas nos olhos que aparecesse mais vezes. E Jerome concordou. Nem lhe ocorreu que com isso poderia fazer um mal a Janet. No entanto, chegou o dia em que ele não mais podia olhar para os olhos de sua mulher, ficando assim sem paz.

Rancor surgiu em seu coração. Rancor contra Mignon. Era ela a causadora de sua desagradável situação atual. De início ele a procurara devido a certa compaixão, mas depois se sentiu mesmo atraído por ela...

Certo dia Janet soube do relacionamento de ambos. E nesse dia Jerome desfez as ligações que o atavam a Mignon. Ele, na verdade, amava somente sua mulher. E a dor dela atingiu-o profundamente.

Essa separação, dolorosa para Mignon, foi o último quadro que Laura ainda pôde vivenciar do passado. Com a dor, chegou também ao nítido reconhecimento de que ela mesma não era inocente. Se existisse algo chamado culpa e remição, ela então teria de remir. Mas já não seria tarde demais para isso?

"Remiste! Estás livre para iniciar uma nova vida. Em Míriam podes curar as feridas que outrora fizeste a Janet!", disse o guia. "Míriam e Janet são dois nomes, contudo apenas um espírito humano. E Jerome? Ele também errou outrora. E ele, como teu marido, casado contigo, também remiu."

A alma, ouvindo com atenção, olhou para o seu auxiliador. Seu olhar ainda estava cheio de dor, contudo um vislumbre de esperança já iluminava sua nova existência. Fora-lhe permitido remir... "Agradeço, meu Senhor e Deus..."

Laura abriu os olhos. Sentindo frio, estreitou mais o xale que envolvia seus ombros. Ela havia cochilado e devia ter sonhado. Dando um suspiro, fechou novamente os olhos. Talvez se lembrasse do que realmente havia acontecido... Mas não, era em vão. A vivência no sonho jamais voltaria. E, não obstante, esse sonho tinha sido algo muito especial, pois se sentia assim como se alguém tivesse colocado um bálsamo sobre suas feridas. E de onde lhe viera repentinamente o reconhecimento de que também tinha culpa? Sabia agora que o amor por seu marido tinha sido egoístico. E também de sua filha, Míriam, havia-se descuidado demais. Isto agora seria diferente. "A vida continua; tendo falhado, posso também remir..."

Com a esperança despertada em seu coração, levantou-se, dirigindo-se à janela. Profundamente incisiva tinha sido aquela vivência anímica que lhe fora concedida. E essa vivência transmitira-se de tal forma sobre seu corpo terreno, que não mais procurava culpados ao seu redor, e sim em si mesma, vendo seus atos assim como realmente eram.

O autorreconhecimento, cheio de arrependimento, libertou essa mulher e ao mesmo tempo a fez dar um grande passo a frente em seu desenvolvimento espiritual.

O guia de Laura ainda encontrava-se a seu lado. Mas a missão dele estava agora terminada. Despedindo-se, colocou mais uma vez sua mão na cabeça dela, afastando-se em seguida com um cumprimento. Um outro auxiliador colocar-se-ia no lugar dele, continuando a guiar sua protegida terrena de até agora através de caminhos que lhe dariam a possibilidade de reconhecer a Luz da Verdade.

NA VIDA ATUAL SE REFLETEM AS ENCARNAÇÕES ANTERIORES

João

De um passado longínquo surge o Egito da época de Moisés...

Naquele tempo tu, João, te chamavas So-Hether, e eras um dos coletores de impostos do faraó Ramsés II. Tua tarefa era subir o Nilo e visitar pequenos plantadores de trigo para avaliar a colheita e cobrar os tributos devidos ao faraó.

Essa profissão granjeou para So-Hether muitos inimigos, porque muitas vezes agia sem piedade, visando apenas o interesse do faraó, bem como o seu próprio. Enriqueceu dessa maneira. Possuía até um palácio em Tebas, nas imediações do rio Nilo; pequeno, mas ricamente decorado.

Quando So-Hether permanecia em sua residência, entregava-se à vida ociosa, na companhia de várias e lindas escravas. Sentia-se forte e poderoso.

Chegou, todavia, um momento em que o poderoso So-Hether foi obrigado a reconhecer uma força no

Universo, diante da qual o seu poder e o do faraó, e dos homens todos, nada significavam.

Após longa viagem até as cidades de Tiro e Sídon, So-Hether regressava a Tebas. Desceu do navio com seu séquito de escravos e com uma jovem e linda escrava, que trazia o rosto coberto por um véu vermelho. Chegando ao palácio, So-Hether entregou a jovem a uma mulher idosa, dizendo-lhe:

— Encontrei essa mimosa criatura no templo da fecundidade, em Sídon. Ela me acompanhou para conhecer a grande cidade egípcia. Leva-a para junto de minhas escravas.

Quando a moça ouviu essas palavras, rapidamente retirou o véu do rosto, e cheia de ressentimentos contra So-Hether, protestou:

— Não, não sou tua escrava!

So-Hether, porém, achou-a bela em sua indignação, riu e retirou-se dali. A dama de companhia então a tomou pela mão e conduziu-a para uma sala, onde havia uma pequena piscina com água perfumada. A linda jovem, chamada Semida, apesar dos ressentimentos, permitiu que lhe tirassem as vestes para banhar-se. Durante o banho as escravas de So-Hether foram observá-la. Entre surpresa e invejosa, uma delas perguntou:

— Por que vens de tão longe? O amor que nosso amo te concede talvez não dure tantos dias quanto os que gastaste na viagem.

Como em desafio Semida sorriu e, saindo do banho, envolveu seu corpo escultural com as novas vestes de alvo linho que a guardiã lhe apresentara.

Enquanto isso, So-Hether, após rápido repouso, saía do palácio para encontrar os amigos na corte. No caminho, notou muitos danos nas árvores e prédios.

Surpreso, indagou de um conhecido a causa dos estragos. E este lhe respondeu:

— O Deus dos israelitas está manifestando Seu poder. Há poucos dias caiu uma chuva de granizo como nunca se viu no país dos faraós. Segundo afirmou Moisés, que se tornou profeta dos israelitas, deveremos presenciar acontecimentos piores ainda, caso o faraó Ramsés não liberte o povo israelita.

So-Hether sorriu incrédulo, seguindo seu caminho. Meses depois, porém, também ele deixou de zombar.

Certa tarde seu barbeiro encrespava-lhe a barba enquanto contava histórias engraçadas. Repentinamente o céu escureceu. Sem demora começou a cair uma chuva parecida com sangue. So-Hether correu para fora e viu, apavorado, que igualmente as águas do Nilo transformavam-se como que em sangue. Seu barbeiro bradava pelo socorro do "deus" Amon, suplicando a destruição do poder de Moisés.

Pensamentos desordenados aplacaram o pavor de So-Hether. Mirando as águas do Nilo, brotou-lhe este pensamento:

"Se Moisés realmente podia atrair tantas desgraças, então seu Deus devia ser muito mais poderoso que Amon. Por que o ídolo dos egípcios não impedia as calamidades que caíam sobre o país?"

Poucas semanas depois de tão estranhas chuvas, surgiram nuvens de gafanhotos, devorando e arruinando totalmente a lavoura. Essa inesperada praga assolou o Egito, levando-o à fome.

Os acontecimentos obrigavam So-Hether a meditar. Ele já estava quase acreditando no Deus dos israelitas. Ainda vacilava, contudo, porque lhe parecia que o Deus deles preferia pobres e ignorantes; no entanto, obteve uma pronta resposta em seu íntimo, ouvida com imensa surpresa:

"Não, So-Hether, Deus não faz distinção entre pobres e ricos. Quer apenas que reine justiça na Terra. Livra-te do culto dos ídolos e olha para as alturas luminosas."

Atônito, So-Hether voltou-se para verificar... Quem teria falado? Não havia ninguém nas proximidades! Ocorreu-lhe então um pensamento: averiguar como os israelitas adoravam seu Deus poderoso, quais os sacrifícios exigidos para obter a Sua graça.

Poderia perguntar ao seu sapateiro, de origem israelita. O que ouviu deixou-o perplexo. O Deus poderoso não exigia nenhum sacrifício. E em pesquisas posteriores, muito secretas, acabou sabendo que seus próprios antepassados acreditavam num Deus-Único, invisível para todos.

A vida na cidade normalizara-se; contudo, o pavor e a incerteza angustiante permaneciam.

So-Hether passou a negligenciar seus negócios. As apreensões pelo seu povo que se escravizava, adorando ídolos e oferecendo-lhes sacrifícios, quando podia ter o Deus verdadeiro a seu lado para protegê-lo, não o abandonavam.

Suas apreensões deixaram-no magro e abatido. Semida, vendo-o sempre meditativo e triste, quis saber a causa. Intuitivamente sabia que So-Hether havia-se transformado espiritualmente desde o dia da chuva cor de sangue. A despeito das insistentes indagações, ele sempre respondia que o assunto dizia respeito a uma questão de crença dos israelitas, e que mulheres nada tinham a ver com esses problemas espirituais.

Semida sentiu-se magoada. Uma vez que não podia partilhar de seus problemas espirituais, não se interessaria mais por ele.

So-Hether passou a viver entre profundas inquietações. Perdia a fé nos ídolos, mas o Deus invisível ainda continuava demasiadamente estranho para ele. Suas incertezas, contudo, logo tiveram um fim, porque uma nova calamidade recaiu sobre o Egito. A princípio surgiram inúmeros enxames de moscas. Logo em seguida grassou uma grave epidemia que se disseminou velozmente, cobrindo os corpos dos egípcios com pústulas negras.

So-Hether também ficou doente. Nos raros momentos de lucidez, entre os acessos de febre, começou a meditar nesse Deus poderoso, que ia destruindo a grande nação dos tebanos.

"Fogo e pedras destruíram nossas casas e agora também veio a doença para destruir nossos corpos... Creio em ti, Deus poderoso. Perdoa-me se te ofendi inconscientemente..." Com esses pensamentos, o superficial e conceituado súdito do faraó Ramsés II morreu, entrando no mundo do Além.

A vida terrena de So-Hether, nessa encarnação, teve valor e merecimento espiritual, porque a fé em Deus, o anseio pela Luz e os sofrimentos dos últimos dias iluminaram-lhe a alma, ficando gravados em seu espírito até hoje.

Essa fé e esse anseio de vida espiritual estavam em seu espírito, porém adormecidos. Em uma vida anterior, So-Hether havia-se encarnado entre os israelitas.

Muito tempo depois dessa encarnação, o antigo So-Hether voltou para a matéria grosseira e nasceu numa família de mercadores em Benares, na Índia. O pai, negociante de tecidos, deu-lhe o nome de Lalee.

Naquele tempo, podia-se encontrar em Benares pessoas de todos os credos e crenças, pois as sombras das montanhas sagradas, o Hirnavat (Himalaia), pairavam sobre a cidade, atraindo misteriosamente toda a vida espiritual do país.

O menino Lalee cresceu, ajudando o pai no bazar. Aos dezessete anos casou-se com uma moça de quinze, de nome Indira. Depois de vários anos de vida conjugal, Lalee, sempre inquieto espiritualmente, encontrou um grupo de homens que estudava com fervor uma antiquíssima sabedoria escrita em sânscrito. O sentido desses estudos era livrar os homens dos laços que os prendiam à matéria. Um desse grupo, que se intitulava "os eleitos", interpretou, numa das antigas escrituras, que o Paraíso se encontrava na Terra, e que qualquer um poderia usufruí-lo, desde que cultivasse grande força de vontade para libertar-se de todos os desejos materiais.

Lalee aderiu ao grupo. Os estudos e os diversos rituais e práticas eram rigorosos, porém ele entregou-se de toda a alma a essa finalidade e depois de pouco tempo estava integrado na doutrina. Aprofundando-se mais nas antiquíssimas escrituras, vários membros desse grupo acreditavam que a morada dos primeiros seres humanos tinha sido numa ilha chamada Ceilão, e que todos deveriam emigrar para lá, a fim de melhor meditarem nos problemas do infinito. E assim fizeram.

Ao tomarem conhecimento dessa atitude incompatível com as normas familiares e tradicionais, os pais e a mulher de Lalee rogaram-lhe encarecidamente que desistisse dessa ideia, mas ele permaneceu firme e irrevogável nas suas convicções e propósitos. Dirigiram-se, então, aos brâmanes, os principais sacerdotes, para que livrassem o filho e esposo dos laços de Rákshasa, o espírito do mal. Os sacerdotes brâmanes, porém, acharam que cada ser humano tem livre-arbítrio e direito de escolha, por isso nada fizeram para impedir a partida de Lalee.

O grupo dos "eleitos", entretanto, depois de uma exaustiva peregrinação através da Índia, chegou à ilha. Realmente, essa ilha parecia um lugar paradisíaco, tão maravilhosa e exuberante era a sua natureza. Os nativos tinham belos corpos e uma postura harmoniosa, mas eram pouco desenvolvidos de espírito. A crença dos nativos dessa ilha baseava-se somente nos seres enteais que habitam as florestas, que vivificam os reinos da natureza animal, vegetal e mineral, bem como: ar, água, fogo, etc. Todos se sentiam felizes e aparentemente não tinham desejos materiais, mas espiritualmente não se esforçavam.

O grupo dos "eleitos" e Lalee permaneceram nessa região gozando a vida fácil. Lalee integrou-se completamente naquela vida, chegando a ponto de esquecer-se de sua família em Benares. Alcançou idade muito avançada e morreu feliz, rodeado por respeitável número de filhos nativos.

Sua vida nessa encarnação, espiritualmente, foi de pouco valor, pois o comodismo, as despreocupações e a inclinação para uma vida animal deixaram seu espírito num estado semiadormecido.

O espírito humano, em suas peregrinações pelos mundos materiais, tem de conhecer tudo, a fim de que, partindo da inconsciência, adquira consciência, para seu desenvolvimento. Por isso, na sequência de suas encarnações entre os povos da Terra e pela multiplicidade de vidas terrenas, deve ficar plenamente ciente dos aspectos da vida material.

Assim, o espírito de Lalee encarnou-se novamente, através do caminho de seu desenvolvimento espiritual, na Ásia Menor, hoje denominada Oriente Médio. Nessa existência ficou conhecendo uma moça de excepcional beleza, de nome Zeruja. Lalee, nessa encarnação, chamava-se Assad.

A vida de Assad desenvolveu-se durante o reinado do sultão Saladin, cognominado "o Justo e Bom". Zeruja fazia parte do povo sarraceno, que lutou contra os invasores europeus nas Cruzadas. Essa encarnação é mencionada apenas com a finalidade de assinalar os laços que se formaram e que unem hoje João com sua esposa. Assad muito sofreu por causa de sua grande paixão pela linda Zeruja, a sarracena, que gostava mais de um moço de destaque, do próprio povo sarraceno. Esse povo havia lutado sob as ordens do sultão Saladin, impedindo a invasão das Cruzadas, de ideal falso.

Nessa encarnação Assad conheceu um outro aspecto dos pendores materiais ou afetivos, sofrendo tremendamente, em sua grande paixão, com o desprezo de Zeruja, que o desnorteou espiritualmente.

Em encarnações sucessivas, Assad nasceu na Grécia, depois na França, e uma de suas últimas encarnações foi no povo maia. Hoje, o povo maia não mais existe, porém seus integrantes estão novamente encarnados em várias partes da América do Sul e Central.

Indira, esposa de Lalee em Benares, na Índia, é hoje filha de João. Com sua segunda filha tem ligações desde os tempos da Grécia. E com a terceira filha desde o tempo dos maias. As ligações mais fortes, porém, João tem com sua mãe. Com o quarto filho, um homem, está ligado desde a época dos sarracenos.

João teve muitos altos e baixos em suas múltiplas peregrinações na Terra, porém a fé em Deus sempre esteve enraizada em seu espírito.

Pedro

Aparentemente insignificantes e sem importância são as peregrinações terrenas que se destacam do quadro da vida de Pedro. Espiritualmente, porém, são como marcos luminosos.

As brumas do passado desfazem-se, e surgem altas montanhas reluzentes, cobertas de neve. Veem-se mosteiros e muitas habitações encravadas nas rochas. É o Tibete, o pequeno país onde ainda se venerava Deus, o Todo-Poderoso.

Envolto pelos primeiros raios do sol que vai nascendo, um pequeno grupo de tibetanos desce pela estrada montanhosa. Já havia meses esse grupo vinha peregrinando, a fim de alcançar a capital chinesa Kiang Ning. Isso faziam por vontade da Luz, a qual se manifestara por intermédio de um lama. A ordem consistia mais ou menos no seguinte: "Escolhe alguns dos meus e envia-os ao reino chinês. Este pequeno grupo deverá formar lá um ancoradouro espiritual, uma ilha luminosa! Pois também para esse povo transviado mandarei um mensageiro da Luz!"

Entre os escolhidos encontrava-se o jovem artista Kuang Fong. Ele tinha aprendido com seu pai a arte de fundir, moldar e colorir os mais variados objetos artísticos de cristal de rocha. De suas mãos saíam os mais belos vasos, taças e baixelas. Cristal de rocha havia em abundância nas montanhas de sua pátria, e os finíssimos pós de rubi, ouro e prata, dos quais ele se utilizava para as tinturas, eram-lhe fornecidos pelos mosteiros. Em Kiang Ning ele executou finos trabalhos para os conhecedores da arte. As mais lindas preciosidades, porém, criadas durante toda a sua vida, foram algumas taças de cristal rubi-ouro, destinadas às mesas de devoções, onde eram colocadas como símbolo do Santo Graal na Terra.

Somente onde reina verdadeira devoção a Deus Todo-Poderoso é permitida a colocação de uma dessas sagradas taças, cor de rubi. Esses símbolos são encontrados em vários templos dos planos luminosos. A pouquíssimos artistas foi dado ver espiritualmente essas taças sagradas, para que pudessem moldá-las na matéria grosseira. Referidas taças encontravam-se nos mosteiros, pois naquela época, no Tibete, ainda se venerava o Senhor na maior pureza. Hoje, a maior parte dos lamas do Tibete carece de uma noção exata da Verdade. Assemelham-se aos sacerdotes de outro credo qualquer.

Kuang Fong, o abençoado artista, era também o guia dos tibetanos na China. E quando certo dia Lao-Tse apareceu no meio deles, procurando por uma taça cor de rubi para seu altar, a alegria de Kuang Fong não teve limites, e ofereceu a Lao-Tse o tão procurado objeto. Como recompensa, o artista somente lhe pediu que viesse de vez em quando lhes falar da sabedoria divina e orar com eles.

Assim, o pequeno grupo de tibetanos formava verdadeiramente uma ilha luminosa no meio do pântano em que se transformara, moralmente, a capital da China.

Kuang Fong, na hora da morte, separou-se facilmente de seu corpo terreno. Desligaram-se rapidamente os fios que poderiam prender seu espírito à matéria; assim foi-lhe permitida uma ascensão às regiões da Luz.

Na encarnação seguinte, Kuang Fong foi guiado do Tibete para a Arábia, pois somente nas múltiplas peregrinações terrenas pode o espírito humano desenvolver todas as suas faculdades latentes.

O homem que no passado se chamava Kuang Fong, trazia agora, como filho de árabes, o nome de Beni Hamihl. Nasceu no deserto, na cidade de Abdruschin.

Beni Hamihl tinha aproximadamente dezessete anos quando o sofrimento e a tristeza caíram sobre a linda cidade branca. Abdruschin fora assassinado, e Nahome seguira-o. O jovem Hamihl não podia compreender o porquê de tal crime. Não fazia muito tempo que seu Senhor havia passado pelas oficinas e elogiado seu trabalho com palavras animadoras.

Jamais esqueceria o olhar luminoso de Abdruschin. E conjecturava:

"Por que teria sido assassinado o Senhor dos isra*? Por quê?..."

Esses pensamentos atormentavam-no de tal forma, a ponto de esquecer completamente os ensinamentos de Abdruschin no que se refere à livre vontade do ser humano.

A cidade tornou-se-lhe fria e sem vida, e igualmente frio e sem vida ficou seu coração. Brotou nele então a ideia de ir embora dali. Além de sua pequena irmã, Alana, não havia mais ninguém a quem ele dedicasse particular afeto.

Hamihl tinha aprendido com um ismano* a arte de fazer papiros. Esses papiros, que mais pareciam tábuas finas, eram feitos de junco e ligados com um tipo de massa, também extraída de plantas. Rolos de pedra eram passados sobre essa mistura. Dessa maneira fabricavam-se naquele tempo os papiros, os antecessores do nosso papel de hoje.

Várias semanas se passaram, porém, até surgir uma oportunidade para que o jovem árabe abandonasse sua pátria. Ele já estava disposto a partir sozinho, quando uma tribo de nômades, a caminho do Egito, acampou perto da cidade. Com essa tribo Hamihl seguiu para

---
* Isra e ismano são povos muito antigos, já desaparecidos.

a terra dos faraós. Entre esses nômades encontrava-se um mago que sabia evocar os entes do deserto e lia a sorte nos grãos de areia. Além disso, sabia subjugar a vontade de seres humanos e animais. Hoje essa magia é denominada hipnose.

Também Hamihl, o jovem árabe, ficou extasiado e tornou-se íntimo amigo do mago. Este notou logo a conveniência dessa disposição do jovem, pois assim seria fácil levá-lo ao templo do irmão, no Egito. Nos templos eram sempre necessárias pessoas sem laços de família e, se possível, de terras longínquas, pois assim mais facilmente guardariam o segredo dos sacerdotes. Chegando à capital do Egito, Lemos, o mago, dirigiu-se imediatamente ao Templo de Osíris, onde seu irmão exercia a função de sumo-sacerdote. Enquanto Hamihl esperava no pátio externo, Lemos contava ao irmão tudo o que sabia do jovem árabe, de onde viera e de suas aptidões. O sacerdote ouvia com interesse as informações. Entretanto, pensava:

"Sim, meu irmão tem razão. Esse isra poderia ser muito útil trabalhando com a sua arte para o templo. Além disso, ele poderia também desvendar os segredos da misteriosa cidade de Abdruschin."

E assim Hamihl permaneceu no Templo de Osíris, em Tebas. O sumo-sacerdote encaixou-o entre os sacerdotes serventes. Apesar de não gostar da vida fechada no templo, Hamihl acabou ficando. Os sacerdotes logo lhe deram uma oficina particular, para que ele pudesse trabalhar de acordo com sua vontade. Graças aos ensinamentos do ismano, ele fazia uma massa mais fina e mais sólida para os papiros do que a dos egípcios.

A pouca oposição contra a vida no templo desfez-se quando uma das dançarinas de Osíris o envolveu com seu amor; desde então ele parecia ter-se conformado com tudo.

Apesar do amor que devotava a essa moça, com o tempo notou, intimamente, que na realidade não era verdadeiramente feliz e não sentia mais alegria como outrora, em sua cidade natal. E sentia-se, cada vez mais, como que enredado numa teia de aranha.

Os anos passavam e com o correr do tempo Hamihl descobriu todas as práticas obscuras dos sacerdotes; desde então desencantara-se das feitiçarias deles. Essa desilusão despertou-lhe novamente a lembrança dos puros ensinamentos de Abdruschin, e cada vez mais crescia o seu anseio por eles. Certa noite sonhou que seu Senhor havia voltado para os isra e em seguida apareceu-lhe a irmã, Alana, exatamente como a havia visto pela última vez, acenando-lhe com a mão. Acossado pela grande saudade que sentia de sua cidade no deserto, Hamihl, já então um tanto envelhecido, num belo dia deixou furtivamente as muralhas do templo. Sua bagagem resumia-se a frutas secas e água. A cada passo que dava, o seu arrependimento aumentava.

Como fora possível que tivesse passado toda a sua vida trabalhando para esses falsos sacerdotes?! Nos primeiros tempos o amor o cegara, mas depois não era mais o caso. O fato é que ele não estivera tão alerta quanto devia. Somente assim foi possível que a teia de aranha lhe turvasse a visão. Como poderia o Senhor perdoar Hamihl, o pecador? O arrependimento recaía pesadamente sobre ele; lágrimas obscureciam-lhe a vista, e na consciência sentia que sua culpa lhe pesava como um grande fardo. Essa cruciante dor de alma enfraquecia ainda mais seu corpo já doente. A lembrança do olhar de Abdruschin não o abandonava. Ele então lhe rogou: "Senhor, permite-me remediar minha falta!" Esse pedido de uma alma sofredora e arrependida facultou a Hamihl que espíritos luminosos se acercassem dele para o auxiliar, trazendo-lhe alívio. Com passos vacilantes, ele ouviu a voz de seu Senhor:

"Hamihl, Eu sou a vontade de Deus! Espera por mim, que voltarei. Na Minha Palavra tu me reconhecerás!"

Hamihl, ajoelhado, ouviu essa mensagem de seu Senhor. Em seguida sentiu em todo o seu ser uma sensação de leveza, como se flutuasse no espaço. Estava agora novamente forte, livre e feliz. Na Terra, porém, Hamihl não mais acordou. Algumas horas mais, e uma tempestade de areia cobriu-lhe todo o corpo. Sua alma foi levada para um plano de preparação, na matéria fina.

Bem-aventurados são aqueles que reconhecem suas faltas e delas se arrependem de todo o coração.

Beni Hamihl é hoje Pedro, e sua esposa foi outrora Alana, a irmã de Hamihl.

Depois disso Hamihl veio ainda quatro vezes a esta Terra, sempre aprendendo e amadurecendo espiritualmente. Dessas encarnações serão mencionadas duas de maior importância.

Há mais de mil anos nasceu ele no país que hoje se denomina Alemanha. Filho de uma família nobre, recebeu o nome de Martinius von Uhlenhorst. Levava a vida dos nobres daquele tempo, ocupando-se com guerrilhas de fronteiras, torneios e caçadas. Quando Martinius atingiu a idade de quarenta anos, foi organizada a primeira Cruzada, à qual se juntou, como fizeram todos os nobres da Europa. Essas incursões sangrentas à Terra Santa nunca obtiveram êxito, porque eram empreendidas contra a vontade de Deus. Os únicos a lucrar com essas Cruzadas foram os papas da Igreja Católica. Martinius von Uhlenhorst foi um dos poucos que conseguiram voltar ilesos para sua pátria. Pedro já esteve nesta vida na Alemanha no lugar onde ele, como Martinius von Uhlenhorst, viveu há mil anos passados. Com essa estada na Alemanha fechou-se um ciclo de suas vidas terrenas.

Depois dessa encarnação, Martinius veio à Terra em missão especial. Aparece uma luz como uma estrela e, no meio desta, vê-se a figura de um homem franzino, trajado como os jesuítas de antigamente. No íntimo desse homem, que se chamou José de Anchieta, brilhava como uma chama o amor por Jesus.

Muitos índios de outrora puderam encarnar-se agora civilizados graças ao padre Anchieta, que consagrou toda a sua vida à elevação das tribos indígenas. Os índios daquele tempo eram sadios e fortes, e a crença deles, na maior parte, era bela. O padre Anchieta aprendeu a língua tupi com uma rapidez incrível e, com o correr dos anos, conseguiu falar mais de dez dialetos indígenas. Com esse conhecimento ele ia de taba em taba falando sobre Jesus e seu amor divino. Auxiliado por diversos índios, ergueu capelas de taipa, onde instruía também os pequenos indígenas.

Certa noite, quando estava na taba de uma das tribos, uma mulher viu ao redor de Anchieta uma luz azul. Como os indígenas desse lugar sabiam que essa mulher tinha o dom de ver e falar com os entes das matas, todos acreditaram nessa luz, que ela descreveu como sendo uma nuvem. De taba em taba transmitiu-se então a notícia de que o padre era o espírito azul, que viera como mensageiro das montanhas azuis. Segundo a crença dos indígenas, o espírito dos mortos ia para essas montanhas. Assim ele foi denominado "espírito azul". Com o tempo surgiram várias lendas sobre a vida abnegada desse homem extraordinário. A lenda acima mencionada, porém, é a que fica mais perto da verdade.

Jamais Anchieta sofreu algum dano por parte dos indígenas. Se, porventura, tinha aborrecimentos, esses provinham de seus contemporâneos brancos. Muitas vezes se via obrigado a estabelecer a paz entre índios e brancos, pois estes, sem procurar compreender os indígenas, tratavam-nos em muitos casos como animais selvagens.

Apesar da saúde precária, o padre Anchieta levava a vida em constante peregrinação, de tribo em tribo. O seu trabalho foi sempre abençoado, porque o amor de Deus estava com ele.

Fechou-se a página da vida deste servo de Deus, e Anchieta esteve novamente entre o povo que ele amava, contribuindo na divulgação da Mensagem do Graal.

Sílvia

Abre-se o livro de tua vida, e na primeira página aparece a seguinte inscrição:
"Cuida da pureza dos teus pensamentos, porque só assim encontrarás a paz e a felicidade!"

Assim começou, servindo à pureza, o ciclo de tuas vidas.

Descortina-se uma linda paisagem de cerejeiras em flor e ouve-se ao longe melodias de uma encantadora voz feminina. Era Kiu, com sua voz límpida como o tinir de um sino de prata. Ela acompanhava suas canções num alaúde, o qual tinha, porém, somente três cordas.

Kiu, a esposa do mandarim Lie Yu Tan, estava sentada no jardim interno de sua residência. Era um jardim lindo, com seus jasmineiros em flor e seu aquário, em cujos lados cresciam flores brancas e amarelas em profusão. No alpendre ao lado estavam penduradas gaiolas de bambu dourado, e o chilrear dos pássaros enchia o ar. Perto da cantora, sobre ricas almofadas estavam sentadas três moças que, embevecidas, escutavam as lindas melodias. Eram as três concubinas de Lie Yu Tan. Às quatro esposas juntava-se de vez em quando uma chinesa já idosa, mãe do mandarim.

Eis que surge o mandarim, entrando no jardim. A mais moça das concubinas corre ao seu encontro e, ajoelhada, oferece-lhe uma tigelinha com chá. Lentamente ele sorveu o saboroso líquido e, afastando-se das esposas, procurou a mãe. Numa conversa muito floreada, ele lhe contou, um tanto preocupado, que o infalível imperador, o Filho do Sol, tinha aceitado a doutrina do lama do Tibete e esperava que seus conselheiros e mandarins fizessem o mesmo.

Corriam também boatos que até a infalível imperatriz consentira que o lama instruísse o filho de acordo com sua vontade. A velha chinesa já sabia dessa novidade, contudo ouvia atentamente as palavras do filho.

— Em que consiste essa nova doutrina?, perguntou. Lie Yu Tan contou-lhe então tudo o que sabia dos ensinamentos de Lao-Tse. Notava-se que o poderoso mandarim estava preocupado, pois, se assim não fosse, nunca teria se dirigido à mãe com esse assunto, como se estivesse pedindo-lhe conselho.

Quando o mandarim se retirou, a velha chinesa contou as preocupações do filho às suas quatro esposas. Somente Kiu, porém, mostrou-se interessada por essa nova doutrina. Ela não dava grande importância ao culto dos antepassados e nunca teve medo dos dragões, pois jamais vira um desses monstros. Notando o interesse de Kiu, a velha mãe, que gostava muito dela, transmitiu-lhe tudo o que no decorrer do tempo ouvira sobre o lama do Tibete. Assim, Kiu teve a possibilidade de seguir os ensinamentos de Lao-Tse. Algum tempo depois, começou a fazer composições em honra ao Deus de Lao-Tse.

Kiu era linda como uma flor e usava vestes ricamente bordadas. Suas canções alegravam todos os que com ela habitavam sua grande casa. Sua vida, porém, foi curta como a das flores, pois Kiu não atingiu a idade de trinta anos. E contra todos os costumes daquela época, foi sepultada de acordo com sua última vontade: somente com seu alaúde, para poder cantar no outro mundo em honra a Deus. No lugar onde Kiu costumava sentar-se para cantar, a mãe de Lie Yu Tan plantou, em sua homenagem, uma linda cerejeira.

A casa do mandarim ficou silenciosa, pois não mais se ouvia a voz que tanta alegria trazia a todos. Kiu os deixara, mas suas encantadoras melodias ainda pairavam sobre as lindas paisagens de cerejeiras em flor.

Kiu também esteve na Terra na época de Abdruschin, vivendo na cidade dos isra.

Nessa peregrinação pela Terra, Kiu chamou-se Alana. Contava dez anos quando Abdruschin foi assassinado. Devido à sua pouca idade, ela não compreendia a tristeza que atingiu o povo dos isra. Contudo, às vezes se sentava à beira do caminho, esperando que um milagre fizesse Abdruschin voltar. Acontecia, também, que a pequena Alana várias vezes se afastava da cidade, fazendo longas caminhadas pelas estradas das caravanas, como se fosse para o Egito, visitar o querido irmão.

A menina cresceu e foi educada junto a outras crianças dos isra, de acordo com os ensinamentos de Abdruschin, absorvendo assim também o verdadeiro sentido da pureza.

Com a idade de vinte anos casou-se com um rico mercador de sedas, e com ele transferiu-se para a Babilônia, cidade natal do esposo.

Devido à sua fidelidade a Abdruschin, inconscientemente ela serviu durante toda sua vida à justiça divina.

E passando pelas páginas do livro da vida de Kiu – Alana – surge o quadro de uma linda moça, que viveu há mil anos na margem leste do Reno. Monica Martha von Gravensburg, filha de uma importante e nobre família alemã.

Essa moça vestia um traje comprido de amazona, verde-escuro, e um pequeno chapéu preto ornado com uma pluma que chegava até o pescoço. No seu ombro via-se, pousado, um pequeno falcão caçador. Monica Martha cavalgava por uma majestosa floresta de velhos carvalhos. Atrás dela seguia, também a cavalo, seu pajem corcunda. Ela, porém, nada via dessa soberba natureza... seus pensamentos estavam longe. Recordava-se de uma festa em que, como uma rainha, durante um famoso torneio, ornara a cabeça do cavaleiro vitorioso com uma coroa de hera. Esse cavaleiro, de nome Martinius von Uhlenhorst, tornou-se mais tarde seu esposo.

Ainda não se passara cinco anos do casamento, e já se lhe apresentava um futuro sombrio. Seu marido em breve iria juntar-se a outros nobres, a fim de seguir o chamado para a luta na Terra Santa... Voltaria ele dessa perigosa empreitada?... Ela sentia-se revoltada contra essas Cruzadas... Por que seria?... Pois não era um motivo nobre libertar o túmulo de Cristo?

Chegando ao castelo vizinho, juntou-se a outras damas que faziam cruzes de feltro vermelho. Pegou então uma dessas cruzes, destinadas às vestes dos futuros participantes das Cruzadas e enquanto a olhava, Monica Martha sentiu-se de repente envolvida por um espesso nevoeiro, como que sentindo um desmaio. Voltando a si, pôs-se a refletir. Tivera outra visão... Vira grande número de seus conhecidos e amigos no meio de uma enorme massa popular, gritando: "Crucificai-o! Crucificai-o!", e seguindo os olhares de todos deparou com grandes cruzes sobre uma colina... o Gólgota! E essas pessoas, seus conhecidos e amigos, entre os quais havia também padres, todos tinham participado daquele horroroso crime. E agora, piedosamente, eles se apresentavam para salvar o túmulo daquele que eles mesmos haviam ajudado a crucificar!... De onde lhe tinham vindo essas visões? E o que significava ainda, quando se sentiu voando sobre imensas dunas de areia, vendo a imagem de um templo branco e uma edificação triangular?

Sentiu-se transtornada. Se ao menos pudesse falar com alguém sobre esses estranhos acontecimentos... e, pensando melhor... por que somente ela se sentia tão revoltada contra essas Cruzadas, enquanto os outros se preparavam entusiasticamente para a jornada?... Julgava-se então culpada por tais pensamentos.

Inconscientemente pressentia nessas Cruzadas o ardil da Igreja, que afastava de seus lares todos os nobres da Europa, a fim de enfraquecer assim a oposição ao Papa.

Durante toda a sua vida, Monica Martha esteve em constante luta entre sua intuição e seu cérebro. O cérebro dava razão aos outros, e a isso se opunha sua intuição. Pois o cérebro sempre permanece preso à matéria grosseira, enquanto a intuição transmite a Verdade, vinda de regiões luminosas.

Uma nova página do livro de sua vida se abre...

Uma vida agitada, que a lançou numa voragem de prazeres e paixões terrenas.

Ela foi Joséphine de Beauharnais, a esposa de Napoleão I.

Para o seu desenvolvimento espiritual, ela precisou conhecer também esse lado da vida, com todas as suas ilusórias imagens de grandeza. Joséphine, porém, quase se perdeu!...

Muitos integrantes da nobreza francesa daquela época, que foram mortos na guilhotina, estão hoje reencarnados no Brasil, na alta sociedade. Todas essas vítimas foram atraídas, então, para terras em que não havia ódio contra sua casta e onde poderiam viver livres daqueles horrores, que ficaram gravados profundamente em seus espíritos.

Fecha-se o livro da vida de Sílvia.

O mandarim Lie Yu Tan, esposo de Kiu, foi nesta vida o pai de Sílvia. Duas das concubinas de Lie Yu Tan são hoje irmãs dela.

Monica Martha von Uhlenhorst teve dois filhos. Um deles hoje é brasileiro, exercendo a profissão de médico. O outro esteve encarnado na Alemanha e tombou na última guerra em combate na África.

Alguns membros da família de Sílvia foram também membros da família de Joséphine de Beauharnais.

José

Tua imagem aparece no centro de luminosas vibrações do passado. Essas vibrações formam irradiações circulares, cujos reflexos são mais fortes ou mais fracos, de acordo com a intensidade das impressões espirituais deixadas na matéria. Foste preparado e guiado, durante milênios, para a atual época do Juízo Final. Hoje estás em condições de ajudar a humanidade. Em uma de tuas peregrinações pela matéria foste ligado a uma determinada espécie de *enteais*, cuja atividade especial é transmitir força magnética à matéria grosseira e à matéria mediana. Somente poucos seres humanos possuem essa ligação integralmente. Uma ligação dessa natureza terá um valor restrito, se o portador não estiver sintonizado com a Palavra de Deus.

As encarnações relatadas a seguir foram de suma importância para tua existência atual.

O primeiro quadro do passado mostra a terra dos hebreus na época do rei David. Este soberano foi obrigado a viver em guerras durante quase todo o tempo do seu reinado. Aconteceu que, após uma das guerras, grande parte do país foi flagelada pela peste: tratava-se da vasta zona de Beerseba. Intenso calor assolava a região. Um cometa havia aparecido no céu. O povo lamentava-se e gemia sob o peso da desgraça. David, idoso, sentia-se alquebrado com a punição de Deus. Uma ocasião, estava acampado com seus guerreiros à distância de um dia de viagem da cidade de Beerseba, quando alguns pastores da redondeza informaram que a cidade e as aldeias vizinhas haviam sido atingidas pela epidemia. Somente a fazenda do governador Aravna ficara livre. Falava-se ainda que o governador havia recebido a visita de um mensageiro de Deus, mensageiro este que lhe ensinara como agir para afastar a terrível peste. David ouviu tudo isso de um pastor. Um raio de esperança iluminou a alma do rei. Conhecia perfeitamente Aravna e o amava. Melhor seria, pois, seguir imediatamente para a propriedade do governador, a fim de se informar da veracidade de tudo. Logo em seguida partiu com quatro de seus ajudantes.

A grande fazenda de Aravna situava-se a alguns quilômetros de Beerseba, notável centro de caravanas. Quando o rei se aproximou, os portões da propriedade encontravam-se fechados. Desconhecendo o rei de Israel, o guarda fê-lo esperar, pois sem a devida permissão ninguém podia entrar.

Quando o guarda se retirou para noticiar a chegada dos estranhos, David falou:

— Gostaria de saber por que o guarda tem a roupa inteiramente molhada. Nunca se viu alguém andar assim!

Após meia hora de espera, surgiu um vulto alto e forte, de cabelos compridos e olhos bondosos. Com surpresa os visitantes notaram que também este trazia as vestes molhadas.

Aravna não reconheceu imediatamente seu rei, por isso disse:

— Eu sou Aravna, um servo de Deus. Governo a cidade de Beerseba em nome de David, o rei de Israel. Encontraste o portão fechado porque a peste ronda aqui fora.

David riu baixinho e retirou o turbante branco que lhe cobria a cabeça. Aravna, reconhecendo-o, bradou:

— Rei, eu não sabia que estavas tão perto daqui. E ergueu os braços fortes para auxiliar o velho soberano a descer do cavalo. Aravna manifestou grande contentamento em hospedar seu rei. Ao passarem pelo portão, entraram num espesso bosque de velhas castanheiras, nogueiras e amoreiras, atravessando em seguida um riacho. Avistaram casas baixas de tamanhos variados, construídas de madeira e pedra. Ao lado esquerdo do bosque via-se uma lagoa. Quando os visitantes se defrontaram com ela, surpreenderam-se demais. Cada qual olhava o companheiro para ter certeza se aquilo era uma realidade: dentro da lagoa apinhavam-se homens, mulheres, crianças, normalmente vestidos. Adiante, até vacas, bezerros e cachorros havia dentro da água. David olhou para Aravna admirado. Este volveu a cabeça para o lado, visivelmente contrafeito, e acelerou os passos em direção a casa. David e os demais o seguiram no mesmo passo, pois não deviam fazer perguntas antes de haverem comido o pão do hospedeiro.

Nas demais casas também só se via pessoas com roupa úmida ou totalmente molhada. Após uma lauta refeição, o rei perguntou:

— Aravna, ouvi dizer que somente tua fazenda foi poupada da imensa desgraça que assola a região. Como pode ser isso?

Aravna respondeu:

— Rei de Israel, quando veio a peste, comecei a clamar em altos brados pelo auxílio de Deus. Ele, o Senhor de Israel, louvado seja Seu nome eternamente, ouviu-me. Assim, enviou-me um de Seus mensageiros, pois na mesma noite sonhei que estava na ponte, olhando a lagoa, e ao mesmo tempo suplicando auxílio do Eterno para o povo. Ao me voltar, percebi de repente alguém inteiramente de branco ao meu lado. Tinha um rosto risonho, também branco. Seus cabelos eram dessa mesma cor. Ouvi em seguida uma voz suave, falando junto ao meu ouvido: "Olha, Aravna, a água. Nela encontrarás auxílio para tuas aflições!" Após pronunciar essas palavras, o vulto branco estendeu o braço, indicando a lagoa. Logo ao amanhecer corri lá, porém nada vi de extraordinário, depois contei a todos meu sonho. Eles acreditaram, mas ninguém sabia interpretá-lo. Então começamos a beber muita água dessa lagoa, mas não deu resultado, porque morreram dois trabalhadores e um parente meu, que vivia conosco.

Aflito, narrei meu sonho aos sacerdotes e patriarcas de Beerseba. Eles também estavam dispostos a beber muita água. Quando então faleceu outro empregado meu, veio-me repentinamente a ideia de molhar todo o corpo com a água da lagoa. Depois de uma curta relutância, vestido como estava, pulei dentro da água, porque de forma alguma queria menosprezar o conselho do mensageiro do Senhor. Receosos, minhas mulheres, filhos e empregados imitaram meu exemplo. Vós sabeis, meu rei, somos muitos. Tenho vinte e oito filhos, seis mulheres e cento e cinquenta empregados. Aconteceu um fato singular: os poucos que não tiveram a coragem de molhar o corpo morreram. Há muitos dias não temos feito outra coisa senão entrar e sair da água; a peste, porém, está declinando, e não perdemos mais ninguém. Depois dessa narração, o rei David olhou com satisfação para Aravna. Também ele, o rei, durante sua longa vida tinha recebido várias mensagens dos servidores de Deus. O rei reconheceu logo que também Aravna fora agraciado com uma dessas mensagens e disse:

— Aravna, a água afastou a peste de tua casa. Como isso se deu, não sei. Sempre acreditamos que expor o corpo todo à água, de uma só vez, poderia atrair as piores doenças; no teu caso, porém, deu-se o contrário. Foi um milagre de Deus o que te aconteceu. Por isso constrói uma casa de Deus perto da lagoa. Aguardarei aqui até estar coberta, a fim de fazer eu mesmo os sacrifícios necessários de agradecimentos.

E assim aconteceu. Depois acenderam o fogo sagrado com muito incenso, e todos os sobreviventes de Beerseba e as tropas remanescentes de David louvaram a Deus e Seu nome em voz alta.

Ninguém sabia como a água havia atuado contra a terrível doença. Mas Aravna, depois dessa epidemia, foi considerado o homem sobre o qual desceu um milagre de Deus. E até a sua morte foi procurado por inúmeras pessoas, inclusive o rei Salomão, sucessor de seu pai David no trono de Israel, que iam buscar auxílios e também louvar a Deus na pequena casa à beira da lagoa milagrosa.

Em seguida a essa encarnação, Aravna permaneceu muito tempo num plano da matéria fina. Depois voltou ao país de Judá e encarnou-se numa família de guerreiros, descendentes de Salomão. Essa vida foi curta. Morreu no campo de batalha, devido a um ferimento de lança, quando lutava contra os filisteus. Poucos minutos antes de sua morte, veio um dos inimigos para despojar os mortos de suas roupas. O moribundo, de nome Soam, olhava suplicante para o filisteu saqueador... "Água... Água!" murmurava ele; porém este, apenas dando risada, deu-lhe mais um empurrão com a lança e foi-se embora...

Do ponto de vista espiritual essa encarnação teve pouca importância. Somente foi mencionada porque o inimigo filisteu de então vive hoje na mesma cidade em que José mora.

Outras vibrações aparecem e vivificam, nas suas irradiações, mais uma vida do passado.

Vê-se uma magnífica paisagem de altas montanhas e brilhantes lagos. Forma-se um nome e um som: Bhotyel (Tibete).

José! Ouve a voz do passado e segue o caminho da lei!

O jovem Kitcevar andava desde o crepúsculo matutino sobre o pedregoso planalto de Potala. O caminho pareceu-lhe longo e fatigante, e ainda não se avistava nenhum dos mosteiros procurados. Quando começava a fraquejar, um pensamento devolveu-lhe quase no mesmo instante as energias: uma vez que estava disposto a renunciar à vida e pedir admissão num dos mosteiros, deveria desde já praticar a paciência. Somente assim poderia alcançar a tranquilidade e a paz dos sábios lamas. Revigorado e quase contente continuou a fatigante caminhada.

Um pouco antes do pôr-do-sol chegou a uma encruzilhada. Parou indeciso, olhando surpreso para os quatro caminhos. Qual deles deveria seguir? Depois de longas ponderações sentou-se bem no meio da encruzilhada, esperando que um dos takinis* bons aparecesse, a fim de mostrar-lhe o caminho certo. Não apareceu nenhum desses entes misteriosos. Havia somente a imensa solidão ao seu redor. Kitcevar começou a pensar: como cheguei a este mundo silencioso? Lembrou-se da sua casa, da sua mulher e dos seus três irmãos. Sim, Buny, a mulher, era a causa de estar sentado na solidão, procurando o caminho certo. Outro pensamento veio à sua mente: por que tinha abandonado Buny, se gostava tanto dela? Não era costume do país, a mulher do irmão mais velho pertencer também aos irmãos mais moços? De duas uma: ou ele amava tanto Buny que não podia

---

* Takinis são uma espécie de enteais que o povo do Tibete, antigamente, via de vez em quando.

partilhá-la com outros homens, mesmo sendo irmãos, ou então não a amava como sempre tinha pensado. De repente, ele sabia a verdade: amava Buny, sim, mas o amor não era tão forte a ponto de fazê-lo esquecer as aspirações que alimentava desde criança: a de se tornar um lama, desejo esse que lhe veio quando foi com o pai visitar um dos mosteiros, em busca de remédios. Esta verdade iluminou-o de tal maneira, que rapidamente se levantou e, sem pensar, começou a andar celeremente em direção a uma montanha.

Quando escureceu, Kitcevar enrolou-se melhor nas suas vestes grossas e deitou-se no meio de grandes pedras para dormir. Ao amanhecer levantou-se, bebeu água de um córrego, comeu um duro pedaço de queijo e seguiu seu caminho, que contornava o alto pico de uma montanha. Mal tinha deixado a montanha atrás de si, viu uma comprida construção de pedra, cercada por um muro também de pedras. Bem em frente dele estava um portão de madeira trançada. Alegria e apreensão lutavam em seu íntimo. Pela construção reconheceu o mosteiro, mas como não tinha coragem de manifestar-se ou bater no portão, sentou-se na grama dura, esperando...

A cabeça pareceu-lhe completamente vazia, e até os pensamentos lhe fugiam. Começou a cochilar, flutuando entre dois mundos. Um empurrão forte acordou-o e, meio atordoado, viu-se cercado de várias cabras. O pastor, um monge alto e forte, chegou perto dele e perguntou:

— Dize, de que direção vieste?

— Vim do planalto de Potala, à procura de sabedoria.

— Então és o novato que nos foi anunciado, respondeu o pastor.

Kitcevar olhou surpreso para o monge e perguntou a si mesmo: "Como podia ter sido anunciado, se ninguém sabia de sua fuga? Isto deve ser um dos mistérios dos lamas, sobre os quais o pai muitas vezes falara." Calado, seguiu o pastor até o pátio externo, recebendo ordem para esperar. A espera foi longa, e Kitcevar começou a duvidar se tinha mesmo visto um pastor e as cabras. Quem sabe se não era um dos maus takinis, que se havia transformado em monge?...

Com alívio avistou outro monge, que lhe fez um sinal convidativo com a mão para entrar no mosteiro. Seguindo esse monge, Kitcevar logo se viu dentro de uma cela grande, cujas paredes de pedras estavam ricamente adornadas com panos de seda, cobertos de artísticas pinturas e escritas. Num canto achava-se um banco também de pedras, coberto de peles. Numa mesinha baixa, ao lado, encontravam-se pincéis e finíssimos pauzinhos.

Kitcevar estava tão perturbado, que não percebeu nada da arte em redor dele. Outra espera longa...

Enfim apareceu um lama velho e magro, envolto em vestes azuis. Dirigiu para Kitcevar durante longos minutos um olhar bondoso, porém perscrutador... e falou:

— Foste anunciado a nós como sendo um espírito que procura a chave da ciência de curar. Tudo podes alcançar aqui; depende de ti, porém, se és capaz de traspassar o limiar para o mundo invisível.

Depois dessas poucas palavras o lama de azul tocou um gongo, chamando outro monge, que levou Kitcevar para uma cela vizinha. Esta também era inteiramente de pedras, com uma fresta alta para deixar entrar ar e luz; ali igualmente se encontrava um banco de pedra, porém ela não tinha pinturas nem peles. Havia apenas uma pedra baixa, que provavelmente devia servir de mesa.

Desse dia em diante começou uma vida dura de disciplina. Nesse mosteiro faziam-se pesquisas, principalmente sobre os poderes ocultos de ervas, pedras, metais e minerais em geral. Hoje, esses lamas seriam tidos como grandes químicos, devido às múltiplas descobertas feitas por eles. Sabiam utilizar-se também do magnetismo pessoal. Contudo, o que os iniciados mais aspiravam era visitar lugares longínquos com seu corpo astral, enquanto o corpo terreno permanecia na cela. No entanto, bem poucos alcançavam esse objetivo. Kitcevar foi um desses. Depois de longos anos de uma vida abnegada, tornou-se Dashai-Lama no mosteiro da cura, e usava roupas de cor violeta.

Muitas vezes, durante a noite, desligava-se da matéria grosseira e visitava com seu corpo astral outras pessoas, que nas suas inclinações se assemelhavam a ele. Numa dessas noites sentiu-se arrastado contra vontade para um lugar estranho; quando abriu os olhos, viu-se numa planície deserta, sobre a qual voavam alguns abutres. De repente, ouviu alguém chamar seu nome antigo: "Kitcevar!" Olhou e viu Buny, mas o que de fato viu foram duas Bunys: uma estava deitada no chão, sem vida, e a outra estava de pé, procurando livrar-se do corpo inerte. A Buny viva estava mais bonita do que antes. Ela levantou os braços implorando e exclamou:

"Kitcevar, tu tens mais força do que eu; ajuda-me a sair deste lugar!"

Ele, Kitcevar, o grande Dashai-Lama, ouviu a voz da mulher e por um momento ficou alegre, porém logo a curiosidade o dominou. O corpo no chão era Buny, que havia morrido na Terra, tendo sido jogada aos abutres. A outra era a Buny verdadeira, no seu corpo astral; no entanto, havia algo impedindo que ela se desligasse do corpo inerte. Kitcevar estava tão absorvido em suas ponderações científicas, que nem se lembrou de auxiliar essa alma aflita. Depois que voltou ao seu corpo terreno, deitado no mosteiro, começou a pensar sobre esse caso. Buny, a mulher, morreu, e ela o tinha chamado pelo seu nome antigo: Kitcevar. Porém, quem seria Kitcevar? Seria ele, o grande Dashai-Lama? Não, o insignificante Kitcevar morrera, assim como Buny.

Desde aquele dia entregou-se ainda mais às pesquisas do Além. Chegou a mandar vir de outro mosteiro um espelho côncavo, para ver se podia descobrir mais sobre o futuro caminho de Buny, porém tudo foi em vão. O que ele conseguiu ver no espelho foram somente cores e nuvens coloridas.

O Dashai-Lama perdeu a paz e a tranquilidade. "Talvez seja a velhice!" pensava. Não era. De repente lembrou-se de Deus... Fazia tempo, já, que não procurava ligação com a Luz... Com as pesquisas tinha quase que esquecido a existência de Deus, o Todo-Poderoso. Começou a observar os outros lamas, e o que viu encheu-o de pavor...

Horas a fio permanecia então na capela, para ver se podia encontrar novamente o contato com a Luz de Deus... Numa dessas horas viu em frente da mesa sagrada um lama resplandecente e claro, envolto em vestes também violetas... era seu guia. E este falou:

"Tu-San-Tu, deixa de atormentar tua alma. Não perdeste o contato com a Luz, somente te desviaste do caminho. As faculdades que desta vez desenvolveste na Terra te serão necessárias quando o ciclo de todas as coisas se fechar na Terra. Lembra-te, porém, que toda a sabedoria do ser humano nada vale sem o amor ao próximo. Com um ato desse amor e boa vontade podias ter ajudado Buny a libertar-se da matéria e lhe mostrado o caminho para a Luz." Depois dessas palavras o guia resplandecente desapareceu, e o grande Dashai-Lama permaneceu sentado. Um imenso pesar invadiu sua alma... e pensou: "Tu-San-Tu!*, que nome estranho, onde já ouvi este nome?"

Meses depois ele morreu, e seu corpo foi colocado numa gruta de pedras, a qual mais tarde foi fechada com uma placa de metal e pedras. Os funerais realizaram-se com grande pompa, de acordo com o ritual dos mosteiros, tendo sido o corpo do grande Dashai-Lama sepultado sentado, com as pernas cruzadas.

E assim se fechou mais um ciclo na matéria grosseira, porém as vibrações dessa vida marcante refletem-se ainda hoje em ti, José.

Hoje os mosteiros do Tibete perderam todo seu antigo valor. Muitos dirigentes têm cometido assassínios cruéis e violências, tudo por causa do poder... e isto já há centenas de anos. Os poucos lamas que ainda têm uma verdadeira fé não conseguem opor-se à maioria que está seguindo caminhos errados, sem esperança de reconhecer seu erro...

---

* Tu-San-Tu era o nome de José num dos planos da matéria fina.

José viveu também durante a Inquisição na Espanha.

Foi Aravna – Soam – Kitcevar – Dashai-Lama – Tu-San-Tu.

Alberto

Abre-se o livro da vida de Alberto. Algumas de suas vidas terrenas se destacam; vidas que devido a sua intensidade espiritual determinam o ambiente de sua vida atual. Da mesma maneira formam seu nome e carma atuais.

Das brumas do passado ressurgem paisagens, animais e povos já extintos. A beleza das paisagens e a das pessoas que formavam esses povos é tão empolgante, que dificilmente imaginaríamos tratar-se de lugares e seres deste mesmo planeta Terra.

Há milhares de anos, Alberto teve sua primeira existência consciente neste planeta. Esta se deu numa ilha chamada Ta-O. Sua extensão era aproximadamente a mesma das atuais ilhas britânicas, situando-se nas imediações do arquipélago que hoje se denomina Fernando de Noronha.

Comparando-se com hoje, a vida para os habitantes da ilha era naquela época, no legítimo sentido da palavra, *paradisíaca*. Os corpos físicos, sem exceção, eram fortes e sadios, e seus espíritos mantinham ligação com sua pátria de Luz. Alberto encarnou-se várias vezes nessa bem-aventurada ilha.

Deve-se saber, entretanto, que as encarnações naquela época ocorriam com grandes intervalos, pois os espíritos humanos tinham de colher experiências também no plano de matéria fina e no astral. Relatar mais algumas coisas sobre aqueles tempos remotos não é o caso, visto que o ser humano atual, com a estreiteza de seu raciocínio, não compreenderia a simplicidade e a grandeza da vida humana de tais eras passadas. Já a convivência com gigantes, anões, elfos, ondinas e animais de formas bizarras é considerada na atualidade como lenda ou contos de fadas. Quem poderia hoje imaginar que Alberto já viveu, nesta mesma Terra, sem pecados?...

Milhares de anos se passaram, desde que a maior parte da humanidade se afastou da Luz. Nesse ínterim, Alberto nasceu em vários pontos do globo. Porém somente de dez mil anos para cá suas peregrinações através da matéria grosseira tornaram-se nítidas e claras, devido à sua importância espiritual. Serão narradas agora quatro vidas que tiveram íntima ligação com sua vida atual.

Há oito mil anos Alberto encarnou-se num lugarejo da Itália, cujo povo fora antecessor dos etruscos. Esse local situava-se próximo da atual cidade de Ravena.

Próximo, pois naquele tempo o mar estava muito mais afastado da Ravena de hoje. As pessoas que integravam esse povo possuíam a estatura alta dos germanos, porém, ao contrário destes, eram morenas, e a maioria tinha olhos escuros.

Alberto, que se chamava então Martim, era um hábil ferreiro de armas de bronze e construtor de moinhos.

Martim era de um povo que tinha naturalmente o conhecimento do Deus-Único, porém quase todos preferiam continuar com suas adorações aos grandes enteais ou "deuses", como eles os chamavam.

Receberam muitos avisos e advertências, que lhes mostravam sua falsa conduta para com o Deus-Único e poderoso. Porém, de pouco valeram tais advertências... Eles gostavam dos deuses que podiam ver e ouvir de vez em quando.

Um desses entes que mais frequentemente podiam ver era o enteal "Thur", ou "Thor", como até hoje é chamado na mitologia germânica. As pessoas que conseguiam ver Thor viam-no sempre durante uma forte tempestade e dentro de um relâmpago.

Foi durante um desses relâmpagos que Martim viu o grande enteal em sua flamejante couraça de aço. No momento dessa visão, ele sentiu um choque que o jogou sem sentidos ao chão. Quando voltou a si, notou que não mais podia movimentar os membros do corpo: estavam paralisados.

É impossível descrever a dor, o desespero e o medo que tomaram conta de Martim. Era um homem forte, saudável e de bela aparência. Seu único pensamento nos dias e semanas que se seguiram foi com o "porquê" dessa desgraça ter-se abatido sobre ele. Aliás, todo o seu povo procurava a razão dessa desgraça. Uma velha profecia contava que quando Thor feria alguém, esse alguém deveria procurar o mal ou a culpa dentro de si, onde estaria enraizada. E assim ficou Martim. Continuou por muitas semanas deitado numa cama suspensa entre duas castanheiras.

E aconteceu que, certa tarde, um bando de crianças brincava perto dele. Como sempre, elas estavam brincando de deuses. Um dos meninos representava o "deus" Thor, encenando como este teria jogado a flecha para ferir Martim. Mas as crianças, não satisfeitas com a representação, queriam uma flecha chamejante, tal qual o "deus" Thor usava.

Um dos garotos não se fez de rogado. Correu para uma fogueira próxima, e pegou uma vara grossa em chamas e com ela saiu gritando em direção à criançada, imitando um trovão. Quando se aproximou com essa vara, uma das meninas maiores, de nome Bagi, avançou contra ele e arrancou-lhe a vara, gritando:

"Eu sou o mais alto 'deus'! Ninguém pode comigo!" Depois dessa estridente manifestação, ela desapareceu atrás de uma das casas.

Em sua cama suspensa, Martim ouviu as palavras de Bagi. Seu coração quase parou devido ao choque e à apreensão: como podia ele ter esquecido Deus, o Criador de tudo? Quantas vezes seu povo já não havia sido advertido, através de mensagens extraterrenais, para abandonar as falsas adorações aos seres auxiliadores que cultuava?

Por muitos dias Martim ocupou-se em análises sobre tudo o que sabia do Deus-Único, que criou tudo o que se via na Terra e no céu. E assim chegou à conclusão de que fora punido justamente. Diante desse reconhecimento uma leve esperança afluiu dentro dele, e dirigiu-se diretamente ao verdadeiro Deus, pedindo perdão por suas faltas e culpas, rogando desesperadamente que Deus lhe concedesse novamente saúde para poder trabalhar…

"Concede-me, Senhor, a graça de poder movimentar-me novamente! Sei que sou culpado, pois adorei seres que não deveriam ser adorados. Isso nunca mais acontecerá!"

E a cada dia aumentava mais a convicção de Martim sobre a força de Deus. Em sua simplicidade ele dizia:

"Para criar tantas coisas como Deus criou, precisa-se muita força e poder…" Tanta era a sua convicção na força divina, que chegou a andar novamente. E foi interessante a maneira como lhe veio essa graça.

Nesse dia, o mesmo bando de crianças chegou do bosque gritando e chorando:

"Lobos, lobos... acudam! Os lobos estão vindo!"

Os lobos uma vez já tinham levado uma criança, e desde então todos estavam vigilantes. Martim levou então outro choque e pulou da cama. Quando estava no chão, sentiu seu corpo todo tremendo... mas ele estava de pé! Toda dor e todo medo dos últimos meses desfizeram-se numa torrente de lágrimas. Ficou parado um longo tempo no mesmo lugar, pois tinha medo de andar.

Enquanto Martim permanecia encostado na árvore, os outros foram ao encontro dos lobos, porém não encontraram lobo algum nas redondezas. O que as crianças viram foi certamente um enorme porco-espinho, pois somente esse animal foi encontrado posteriormente.

Como não se podia descrever o desespero de Martim quando se viu paralisado, assim também não se pode descrever a alegria e a gratidão que sentia pela cura milagrosa.

Fé e gratidão foram desse dia em diante suas qualidades predominantes. No mesmo dia narrou à sua comunidade como encontrara Deus e como fora auxiliado. Desse dia em diante, ele se constituiu no ponto central, a quem todos pediam conselhos e ajuda. Tornou-se uma espécie de sacerdote, que

continuamente lembrava seu povo de que o grande
Deus quer somente a felicidade e a alegria deles, por
isso tinham de se comportar em relação a Ele como faz
uma criança obediente em relação a seus pais.

Faz-se necessário, agora, dar algumas explicações
sobre a atuação do enteal Thur ou Thor na Criação:

O "deus" Thor, como é chamado na mitologia
germânica, é alto como uma torre, usa uma couraça
de uma espécie de aço, e sua cabeça é coberta por um
elmo. Sua vibração é de tal maneira carregada de ele-
tricidade, que parece estar continuamente envolvido
em chamas.

Quando o Criador criou os mundos, em todos os
pontos vitais foram colocadas forças, a fim de garantir
o funcionamento do grande mecanismo da Criação.
Em pontos vitais que recebiam forças espirituais foram
postos espíritos bem preparados e capazes de preencher
esses pontos. No mundo da natureza ou dos enteais
deu-se a mesma coisa, com a única diferença que
nesses pontos foram colocados grandes enteais, que
conforme sua espécie desencadeiam e impulsionam
as forças necessárias. E assim o grande enteal Thor
ocupa também um lugar destacado nos mundos side-
rais. Ele, através de uma multidão de auxiliadores
menores, supre o globo terrestre da indispensável
força elétrica, força essa que a Terra necessita para seu

perfeito funcionamento. Invisível aos olhos humanos, a atmosfera que envolve o globo terrestre é incessantemente bombardeada por irradiações ou vibrações que na Terra são denominadas "elétricas". Toda essa imensa força é desencadeada, impulsionada e regulada pelo grande enteal Thor.

O ser humano pode formar uma ideia, embora pálida, se pensar numa usina elétrica na Terra, que supre grandes áreas com sua energia. A usina, na maioria dos casos, é desconhecida por muitos, mas os efeitos da atuação dessa usina o ser humano usufrui. Nos pequenos acontecimentos da Terra, as pessoas podem imaginar muita coisa que sucede na Criação.

O enteal Thor não é um "deus", mas sim um fiel servo do Criador. Ele fornece os múltiplos raios elétricos que o globo terrestre necessita.

Agora será narrada a segunda vida importante de Alberto... Importante sob o ponto de vista espiritual.

Perto da antiga e poderosa Fenícia existiam vários grupos de pequenos povos. Esses grupos eram constituídos de hábeis artesãos. Trabalhavam nos mais variados metais ou fabricavam utensílios e ornamentos artísticos de cerâmica vitrificada. Outras famílias dedicavam-se à fabricação de tintas cor de púrpura e tingiam fios de lã; enfim, todos se ocupavam com alguma coisa útil, que os mercadores da Fenícia depois compravam.

Apesar de a vida desses pequenos grupos estar bem organizada, eles sentiam-se de certo modo oprimidos e receosos. Acreditavam no Deus-Único invisível, mas na Fenícia imperava o culto aos antigos ídolos babilônicos, e esse culto místico estava alastrando-se espantosamente, tendo há muito ultrapassado as fronteiras.

É fácil compreender que os povos vizinhos estivessem receosos, pois temiam por seus filhos, visto que um grande grupo de jovens já havia sido atraído por esses cultos. Os sacerdotes desses ídolos praticavam as mais variadas magias e afirmavam poder prever o futuro. As misteriosas práticas das trevas sempre atraíram mais do que a simples e pura fé em Deus. Para fugir do perigo, muitas famílias desses grupos emigravam.

Assim fez também Joram, o irmão de Messulam. Emigrou com toda sua família para a cidade marítima de Joppa, situada no Estado de Judá. Messulam tinha vontade de fazer o mesmo, porém sua esposa, Mila, esperava um filho, e então permaneceram nas terras de seus antepassados. O filho que nasceu recebeu o nome de Tobia, que quer dizer "defensor da fé". Nasceu mais ou menos cinquenta anos antes de Cristo, e seu nascimento alegrou muito o lar de Messulam, pois antes dele já haviam nascido cinco meninas, e os pais desejavam muito um filho homem.

Na comunidade de Messulam acontecia muitas vezes que as mulheres viam pessoas já falecidas ou pessoas do mundo do Além. Assim, não foi um acontecimento fora do comum quando Mila, pouco tempo antes do nascimento de Tobia, viu uma figura muito alta, envolta em trajes árabes, brancos, apontando com um bastão numa determinada direção. Mila viu várias vezes a mesma imagem; então ela e as outras pessoas da família começaram a refletir sobre o que havia na direção indicada. Foram unânimes em concluir que naquela direção deveria situar-se o país para onde Joram emigrara. Mas como, após o nascimento do filho, Mila não mais visse a imagem, tudo ficou inalterado.

Tobia cresceu e aprendeu a arte de fazer lajotas vitrificadas de várias cores, que foram utilizadas nas casas e templos da Fenícia, tanto nas paredes e no chão como nos inúmeros pedestais. No entanto, ele não estava contente. Queria ir embora dali e visitar seus parentes que residiam tão longe.

Com vinte anos de idade Tobia casou-se com uma moça da cidade de Kades, chamada Abisai, de dezessete anos de idade, a quem ele muito amava. A união com esta linda jovem não conseguiu, contudo, tirar de sua cabeça a ideia de partir dali. E aconteceu que após dois anos de casados, os dois partiram rumo à cidade de Joppa.

Tobia, porém, depois de uma longa jornada, chegou sozinho a Joppa, pois Abisai faleceu durante a viagem. Chegou doente e completamente abatido à casa de seu tio. Permaneceu junto deles alguns anos e depois, por intermédio de Joram, adquiriu terras férteis nas colinas ao lado do rio Jordão. Tinha intenção de voltar ao lar, na fronteira da Fenícia, mas um dia encontrou uma moça da Cesareia, de nome Reba.

Durante esse tempo, Tobia formou o que se poderia chamar "fazenda mista". A fartura e a riqueza que adquiriu no decorrer do tempo provieram, no entanto, da plantação de amêndoas e romãs. Das amêndoas fabricava-se o óleo, que era exportado em cântaros para Roma. E das romãs fabricava-se uma espécie de xarope, que muito amenizava as irritações de garganta que faziam sofrer o povo de lá. Certos patriarcas diziam que essas irritações não poderiam ser curadas, pois eram provenientes de sementes invisíveis das flores do deserto. Mas o xarope de romã ajudava muito.

Reba viveu quinze anos com Tobia e deu à luz nove filhos. Também ela morreu bem jovem. Mas Tobia não ficou muito tempo viúvo, pois se casou pela terceira vez com uma moça da Samaria, de nome Recha, e essa união durou quase vinte anos, dela nascendo quatro meninas e três meninos. Recha morreu quando naquela região grassou uma febre maligna.

Aos setenta anos, Tobia casou-se novamente com uma viúva que, por seu lado, já tinha filhos adultos.

Não é possível descrever todos os acontecimentos da longa vida de Tobia. O acontecimento crucial na vida dele se deu quando, aos oitenta anos, ouviu falar de um homem que era tido como o anunciado Messias. Tobia conhecia os velhos escritos e profecias dos judeus e não duvidava que o "homem de Nazaré" poderia ser o Messias. Quanto mais ouvia sobre o estranho, tanto mais curioso ficava; não só curioso, pois se sentia impelido ao encontro do Messias. Todos que passavam por sua fazenda comentavam os milagres e as severas palavras que Jesus de Nazaré proferia. Tobia tornava-se cada vez mais inquieto. Não sabia explicar como, porém sentia que Jesus era o Messias. E apesar de ter escutado somente por intermédio de terceiros, algumas sentenças das prédicas de Jesus ficaram profundamente gravadas em seu espírito. A única coisa que ele duvidava era se o povo aceitaria e compreenderia a elevada doutrina do Messias, já que estava envolvido em lutas partidárias e contra os romanos. Será, então, que ouviriam Jesus?...

Um dia, ao levantar-se pela manhã, resolveu aprontar-se para a longa jornada, pois queria ver e ouvir Jesus. Alguns de seus filhos também partiriam com ele que, apesar dos oitenta anos, gozava de pleno vigor e saúde, o que era natural naquele tempo.

Uma tarde, Tobia e seus acompanhantes chegaram à margem do rio Jordão, onde estava reunido um grupo de pessoas. Seu coração batia aceleradamente: "Jesus deve se encontrar ali!", pensou. Entretanto, o que viu foram pessoas enfermas que se banhavam no lugar em que João encontrou Jesus. Elas estavam convictas de que a água do rio poderia curar suas doenças e feridas.

Tobia permaneceu alguns dias nessa localidade e também se banhou no rio. Com surpresa sentiu que os banhos lhe faziam bem. No entanto, não poderia ficar à margem do rio; precisava encontrar Jesus, pois a cada novo dia tornava-se-lhe mais firme a convicção de que o anunciado Messias dos judeus estava na Terra. Uma noite ele acordou e nitidamente se lembrou de sua já falecida mãe e das aparições que ela tinha visto, pouco tempo antes de ele nascer. A figura branca indicava para a direção onde Jesus nasceu e onde agora se encontrava. Um tremor sacudiu-lhe o corpo, e ele sentiu-se febril e ansioso. A figura apontava para aquele país, pois naturalmente sabia que ali iria nascer o Messias. A visão de Mila, da qual Tobia nunca mais se lembrara, dava-lhe agora a plena certeza de que estava certo: o Messias, o Filho de Deus, encontrava-se entre eles. E no meio da noite Tobia acordou os seus. Queria seguir para Jerusalém, onde ainda poderia encontrar Jesus.

Jesus ainda se encontrava lá, porém condenado como um criminoso. Completamente atordoado, Tobia ouvia que Jesus já se encontrava a caminho da crucificação. "Então, apesar da caminhada forçada, alcancei Jerusalém a tempo! Como os próprios judeus podem crucificar o Messias?!" Mas Tobia não podia pensar.

Forçou resolutamente caminho entre a multidão, que sempre entulhava as vias da cidade, e conseguiu assim chegar a um trecho da estrada que levava ao monte da crucificação. Viu chegar uma enorme multidão que gritava e cantava. Parecia-lhe que todo mal andava em forma humana naquele caminho poeirento. Um profundo desespero tomou conta dele. O que podia fazer para impedir tamanho crime? O quê? Dirigiu-se para o meio do caminho e ajoelhou-se. Que a turba passasse sobre seu cadáver!...

A dor que Tobia sentiu durante os poucos minutos em que esteve ajoelhado não poderia ser descrita. Uma dor que parecia transformar tudo. Um suor frio corria de seus poros, e uma nuvem cinzenta turvou sua visão. Nem ouviu quando um dos legionários romanos lhe pediu que se afastasse do local. Ele tocou-lhe várias vezes com a lança, e vendo que o ancião não queria se retirar, sem mais nem menos levantou Tobia (apesar de sua estatura e peso) e carregou-o para um local bem afastado da estrada, entregando-o a seus filhos, que já estavam aflitos pelo pai. Mais tarde, quando comentava o fato, Tobia disse que semelhante coisa nunca teria acontecido se sua visão não se tivesse turvado.

Por semanas Tobia ficou prostrado, com uma febre que parecia consumir suas energias. Numa manhã, porém, ainda fraco, levantou-se absolutamente decidido a voltar para casa. Iria banhar-se no rio sagrado, para assim sacudir o pó daquela cidade maldita e afastar-se dela o mais depressa possível.

De volta ao lar, ele parecia mais vigoroso do que nunca. Logo reuniu parentes e amigos e narrou-lhes tudo o que se referia a Jesus e sua doutrina:

"Estou convencido de que os judeus crucificaram o próprio Messias, a quem eles esperavam há centenas de anos." Tobia deixou bem claro a todos que aceitava tudo o que dizia respeito aos ensinamentos de Jesus.

A partir desse dia seu lar tornou-se ponto central de ancoragem para espíritos bons. Só a terça parte dos seus tornara-se adepta de Jesus. O restante não se manifestava contra, porém não progredia. Preferiam permanecer como estavam, apesar de admitirem tratar-se de uma bela doutrina. Naturalmente também havia vizinhos judeus que ficaram furiosos com o que Tobia falava, e punham a culpa nos romanos pela crucificação. Quando então Tobia falou sobre a injustiça da crucificação, alguns velhos judeus jogaram até mesmo excrementos nele, quando passou por perto de suas casas.

Tobia morreu com noventa e quatro anos, a caminho do rio Jordão. Morreu em paz, pois cumpriu a vontade de Deus.

A terceira vida importante que agora será narrada foi fatal para Alberto. Durante essa vida terrena ele entregou-se de tal maneira a uma mulher e ao misticismo, que se esqueceu completamente da missão a ele confiada. Mas o mal não ficou somente aí. Nas várias encarnações seguintes Alberto caiu no mesmo erro, fato que tornou suas vidas terrenas, às vezes, muito penosas.

Quanto maior o valor espiritual de uma pessoa, tanto mais fazem as trevas para desviar a atenção desta pessoa. *Desviar a atenção* do rumo certo.

Aproximadamente duzentos e cinquenta anos depois de Cristo, um grupo de espíritos firmemente ligado às irradiações divinas desde o tempo de Jesus foi enviado à Terra. Alberto encontrava-se nesse grupo, cuja missão era auxiliar os cristãos que sofriam sob o reinado dos imperadores Décio e Valeriano. O Império Romano estava perdendo por toda parte a sua supremacia, conquistada duramente durante centenas de anos, e esses dois imperadores procuravam a causa desse infortúnio. E como sempre aconteceu na história da humanidade, lá os espíritos das trevas insuflavam, por intermédio de uma mulher do Templo de Ísis, que todo mal do Império era devido aos cristãos, que aumentavam a cada dia e que pregavam por toda parte o amor e a igualdade. Para conjurar tal desgraça, seria necessário incentivar o culto dos antigos deuses romanos e obrigar os cristãos a render homenagem a eles. E assim aconteceu. A maior parte dos cristãos, naturalmente, não obedecia, e isso resultava em novas perseguições.

O grupo de espíritos enviado para a Terra, a fim de auxiliar, já estava todo encarnado e vivia nos lugares e cidades mais expostos às perseguições. Alberto chamava-se Aureliano e exercia a profissão de médico.

Desde pequeno Aureliano Demetian havia demonstrado uma especial vocação para curar. Aprendia o nome e a utilidade de todas as ervas com uma rapidez surpreendente. Aos vinte anos já fabricava todos os bálsamos, unguentos e misturas de ervas em pó, utilizadas em diversos banhos de cura. Os métodos que os praticantes de medicina empregavam diferiam bastante dos de hoje. Todo bom curador, antes de preparar ou receitar uma infusão ou um remédio qualquer, procurava saber se alguma tristeza pesava sobre a alma do doente. Seria bastante interessante descrever os vários processos empregados pelos curadores de então, mas esse não é o objetivo desta narrativa.

Aureliano tinha herdado de sua tia Concórdia, viúva havia anos, uma bem instalada casa de ervas, as quais se constituíam no principal requisito da medicina antiga. Concórdia era cristã, e Aureliano também foi educado nos princípios cristãos. Quando começaram as perseguições aos cristãos, muitos deles procuravam Aureliano para informar-se sobre o que fazer, pois todos sabiam que entre seus clientes havia romanos importantes, já que estes possuíam mais fé em seus remédios do que nos de seus sacerdotes. E a atitude dele era uma só: "Não recuar! Continuar em sua fé no Filho de Deus, Jesus!" Assim ele auxiliava a todos, de todas as maneiras possíveis. Essas perseguições uniram ainda mais os cristãos bons, e bem poucos obedeciam às novas leis.

Um dia Aureliano foi chamado para atender um doente: um rico mercador sírio, enfermo há três dias, que permanecia paralisado no Templo da Fortuna. Os sacerdotes médicos já haviam feito tudo o que sabiam sobre o caso, mas sem resultado. Aureliano conseguiu sua cura, e a repercussão do fato foi tão grande, que ele passou a ser requisitado por toda parte. Chegou então o dia em que recebeu um chamado do Templo de Ísis, fato fora do comum, pois as sacerdotisas de Ísis, antiga deusa egípcia, não deviam receber homens em seus aposentos particulares. Todavia, ele foi atender a sacerdotisa doente, que tinha uma erupção feia no corpo, a qual a fazia sofrer muito. Com infusões, tratou-a da melhor maneira possível.

No dia de sua última visita à sacerdotisa, encontrou no templo uma mulher diante da imagem de Ísis que logo lhe chamou a atenção. A mulher, síria, sabia de sua vinda ao templo e já esperava por ele, pois também queria se consultar. Depois de longa conversa, a mulher síria mostrou-lhe uma ferida feia e já infeccionada, entre os seios. E assim começou o infortúnio de Aureliano, que até então usava abertamente o honroso nome de

Aureliano Demetian, o Cristão. Apaixonou-se pela moça, de nome Thirza, e inicialmente quis convertê-la ao cristianismo. No entanto, deu-se o contrário, pois ele é que ficou conhecendo todos os deuses sírios e egípcios e também os diversos astrólogos e entendidos em tarô egípcio, que era uma espécie de cartomancia. Thirza levou-o para os círculos onde se praticavam as mais variadas magias, onde se lia o futuro pelas linhas do pé direito e muitas outras coisas mais. As cidades romanas e até mesmo pequenos lugarejos estavam infestados por esses charlatões, que vinham de diversos pontos do globo, principalmente do Oriente.

Aureliano ficou conhecendo de tudo, e como era dotado de boa intuição, percebeu rapidamente que todas as práticas dos magos e de outros que visavam desvendar o futuro eram pouco proveitosas. Mas ele se ligou tão firmemente a Thirza, que tudo o mais não lhe importava. Não que tivesse esquecido a doutrina cristã, mas não a praticava, pois toda a sua atenção fora desviada por Thirza... Ela o desviara de seu rumo. Ele mal tinha tempo para tratar de seus doentes e preparar os remédios. Então, os cristãos, que sempre o tinham como apoio, afastaram-se e muitos deles, para obter sossego, sujeitaram-se aos romanos.

Aureliano ficou pobre, pois toda a família da moça tirava dele o mais que podia. Sua tia Concórdia, que muito cuidava das ervas, morreu pouco tempo depois de ele conhecer Thirza. Sua união com Thirza durou cinco anos, depois disso ele perdeu a honra de ser cristão, e tinha perdido seus bens e sua saúde. Suas mãos tremiam, e ao tossir expelia sangue pela boca. Quando então a moça e os seus foram embora, ele não tinha condições físicas para acompanhá-los.

O último quadro que se vê dele mostra um homem envolto em trapos, com os braços levantados, gritando: "Ó tempo, retrocede! Ó tempo, retrocede!" Mas o tempo não retrocedeu. Em vez disso, várias vidas terrenas em duras condições foram o resultado de sua insana paixão. A paixão não lhe teria feito mal algum, *se Thirza tivesse sido uma mulher ligada à Luz*. Mas ela só vivia para o misticismo, acreditando em tudo menos em Deus e em Jesus. E assim, mesmo sem a intenção especial de prejudicar Aureliano, ela, por meio de sua ligação com as trevas, transmitiu-lhe todas as vibrações necessárias para arruiná-lo.

A quarta vida terrena a ser relatada foi muito importante no sentido espiritual, onde se deu a atuação de Alberto durante a luta pela independência do Brasil.

Para pessoas pouco esclarecidas, a luta pela independência do Brasil pode significar uma luta meramente material, mas as de visão mais ampla não terão dificuldade alguma em perceber o elevado significado desse grande acontecimento do passado.

Alberto foi um paladino dessa luta. Seus discursos, não só nas lojas maçônicas como também em praças públicas ou outras localidades, despertaram as almas humanas. Nesse tempo chamava-se Gonçalves Ledo, e pela sua atuação e firmeza demonstradas durante essa árdua luta, ele deveria ter mais projeção na História do Brasil. Isso não aconteceu em razão de ele ter-se unido a uma viúva, cujos parentes e amigos estavam a favor de D. Miguel e da Marquesa de Santos. Esses parentes eram espanhóis e a eles pouco importava se o Brasil se tornasse livre ou não. A viúva era bonita e inteligente, porém só percebia os fatos de maneira superficial.

É fácil, portanto, compreender que amigos e admiradores de Gonçalves Ledo se tenham tornado um pouco desconfiados... Depois de compartilharem a mesma luta, não compreendiam como ele podia ter-se voltado para o outro lado. Mas nesse ponto estavam enganados. Gonçalves Ledo continuou absolutamente fiel à causa da liberdade, apesar das aparências enganadoras.

As quatro encarnações descritas são de suma importância para tudo o que aconteceu e que ainda vai acontecer a Alberto. Ele sabe que o retorno dos efeitos, tanto dos certos quanto dos errados, já começou. Essa ação de retorno começou na vida terrena de Aureliano e naquelas que a sucederam.

Bagi é hoje uma das filhas de Alberto.

Abisai, uma de suas netas.

Mila e Concórdia são, nesta vida, a esposa de Alberto.

Mário

Tua estrela resplandece de novo. Sua luz multicor ilumina cenas de um passado longínquo, cujas ondas espirituais vibram ainda em teu ser.

Na primeira cena vê-se uma região da Terra, antigamente denominada Império Medo-Persa e Babilônia.

No centro destaca-se certo vulto, envolto numa túnica cor de púrpura. Traz na cabeça uma coroa de ouro, de três pontas, que prendem uma enorme pedra amarela.

É Dario, o soberano medo-persa. A seu lado encontra-se outro vulto, alto, com um aro de ouro na cabeça, vestido com uma túnica branca. Numa cena à parte movimentam-se sacerdotes, magos, astrólogos, feiticeiros e curandeiros. Esses todos se tornaram pouco depois inimigos ferrenhos do profeta Daniel, bem como de Dario.

Daniel, nessa época, já havia anunciado a vinda do Filho do Homem. Foi lançado à cova dos leões por obra dos sacerdotes ardilosos, que temiam perder totalmente a influência sobre o rei, uma vez que Dario manifestava simpatia por Daniel, acreditando em todas as suas mensagens.

Eles se valeram de divergências políticas a fim de agir contra Daniel, levando o soberano a assinar um decreto que aparentemente visava reprimir um movimento revoltoso contra ele, para depô-lo e conduzir ao trono Belthaser, parente do rei. Esse decreto tinha a seguinte redação: "O rei Dario é o único soberano nos três reinos. Qualquer pessoa que tenha a audácia de colocar alguém acima de Dario será punida com a morte."

De posse desse decreto, os sacerdotes e sátrapas influentes foram procurar Daniel, perguntando-lhe se reconhecia a existência de alguém acima do rei. Ao que respondeu calmamente o profeta:

"Deus está acima de qualquer rei da Terra."

Diante da resposta, foi preso e lançado à cova dos leões.

Dario mostrou-se por demais abatido ao saber das consequências de seu ato. Logo lhe ocorreu a lembrança do poder daquele Deus de quem Daniel falava. Chegara o instante de obter provas desse poder, pois Dario acreditava nas palavras de Daniel; não obstante, toldavam-lhe a crença certas dúvidas. Perguntava a si mesmo: "Será verdade que existe no céu um Deus assim forte? Se acaso Daniel sair ileso da cova das feras, nada se compararia, realmente, ao Deus desse profeta. E se Daniel fosse morto?..."

Daniel saiu vivo, porém. Os *invisíveis auxiliares enteais* haviam acalmado os leões, envolvendo o profeta com um manto *astral* de proteção, mantendo dessa maneira as feras a distância.

Imenso foi o regozijo do soberano, quando soube do inacreditável milagre.

Imediatamente após esse acontecimento enviou mensageiros a todas as províncias, para proclamar a força do Deus de Daniel, acrescentando que havia reconhecido esse Deus-Único e aguardava que também todos os seus súditos o reconhecessem, pois o Deus de Daniel era o verdadeiro. Declarou:

"O Deus de Daniel é o único e verdadeiro. Seu reino é eterno, sem fim. Somente Ele tem o poder de realizar milagres no céu e na Terra. Louvado seja Ele!"

Dessa maneira, Dario da Média ajudava a divulgar a Palavra divina.

Uma parte dos adversários do profeta foi deportada, enquanto a outra submeteu-se à nova ordem das coisas.

Dario tinha oito mulheres, das quais apenas três tinham a graça de reconhecer Daniel como mensageiro de Deus. As demais permaneciam do lado dos magos e taoistas. Dario foi uma das poucas pessoas em cujo espírito ficou gravada a profecia de Daniel sobre a vinda do Filho do Homem no Juízo Final.

Morreu de uma lesão interna, recebida anos antes numa batalha, pois o soberano medo-persa era sábio e guerreiro ao mesmo tempo.

Reencarnou-se mais duas vezes na mesma terra em que foi rei. Mais tarde foi atraído para o Egito, onde nasceu. Espiritualmente, essas encarnações foram de reduzido valor.

Na época do Messias tão esperado, a Dario foi concedida a graça de encarnar-se na Palestina. Nasceu numa família israelita e foi chamado Abia ben Jacob. Quando adulto, dava aulas de religião na sinagoga, ministrando os conhecimentos que possuía das antigas profecias.

Casou-se com uma linda e devota israelita. Dessa união nasceram dois filhos.

Ao lhe chegarem as primeiras notícias sobre Jesus, Abia procurou o Mestre e começou a segui-lo. A certeza de que Jesus era o esperado Messias, ele trazia intuitivamente consigo, mas seu cérebro de homem letrado opunha-se a que reconhecesse de imediato essa verdade. Sustentou uma dolorosa luta íntima. Em parte, igualmente, porque os rabinos opunham-se em reconhecer Jesus como o Filho de Deus. Aguardavam um Messias, sim, mas de acordo com os próprios desejos egoísticos.

Abia andava desnorteado. Verificava uma clareza incontestável nas palavras do Mestre. Reconhecia que sua Mensagem só objetivava o bem da humanidade. Por que, pois, os doutores da sinagoga não reconheciam em Jesus o enviado? Nessa luta íntima, o tempo ia decorrendo.

Certo dia, Abia ben Jacob recebeu outra graça: a de presenciar um milagre de Jesus, que se gravou indelevelmente em seu espírito. Achava-se no meio da multidão, a caminho de Sichem. À margem da estrada poeirenta encontrava-se um homem idoso e uma jovem surda-muda desde a idade de cinco anos. Ambos, ajoelhados, proferiam uma súplica sem palavras, de mãos voltadas para Jesus.

O Messias deteve-se, olhando-os demoradamente. A seguir tocou a fronte da jovem com a mão, dizendo:

"Hoje eu posso curar e salvar teu corpo. Mais tarde, porém, terás de salvar teu espírito mediante a Palavra de Deus. Ide em paz!"

Chorando de emoção, pai e filha afastaram-se dali. Abia, que tudo presenciara, seguiu os dois. Ambos foram recebidos por uma jovem alta e robusta, que aguardava um pouco afastada do caminho. E então a moça surda-muda pronunciou sua primeira palavra após treze anos de silêncio. Os três, de joelhos, louvaram em voz alta Jesus e Deus-Pai. A povoação de Sichem inteira e toda a Samaria tomaram conhecimento do novo milagre do Mestre. A notícia combaliu a crença de diversos idosos hebreus, até então enraizados de modo errado nas antigas profecias.

Abia regressou ao lar, no firme propósito de divulgar abertamente os milagres e as palavras de Jesus. Com este ânimo enfrentou as intrigas dos rabinos, os quais, em parte, eram seus inimigos desde que, como Dario, colocou-se ao lado de Daniel, auxiliando-o a divulgar as Mensagens de Deus.

Ao declarar-se francamente cristão, Abia foi expulso da sinagoga. A circunstância não lhe atingiu muito a situação pessoal. Os filhos estavam casados. Ele e a esposa puderam viver folgadamente com os bens adquiridos.

Aos oitenta anos Abia ben Jacob faleceu em paz. Facilmente sua alma se desligou do corpo terreno, para prosseguir em seu desenvolvimento na matéria fina.

Cem anos após sua morte terrena, Abia foi atraído para a densa matéria, encarnando-se na cidade de Roma. Ali recebeu o nome de Afranius. Seu pai, cidadão romano, dedicava-se ao comércio de objetos de arte, mantendo ao mesmo tempo uma espécie de livraria. Se na época nada havia ainda impresso, podia-se comprar, no entanto, rolos de pergaminhos escritos artisticamente à mão, de onde vinham relatos de acontecimentos passados, histórias e autores como Sêneca, Homero, Virgílio e outros.

Na mocidade, Afranius dedicou-se com entusiasmo ao estudo da arte de escrever. Desenvolveu-se com maestria. Assim produziu poesias e peças teatrais. Sua mãe, de origem grega, incentivava no filho a tendência para as letras. Dele, só receava a vida pagã a que se devotava; como cristã, ansiava muito ver seu único filho entre os cristãos, como um deles.

Afranius, tal como o pai, cultuava Júpiter e Baco, rindo das advertências maternas.

Casou-se com uma moça romana e transferiu-se para uma propriedade herdada do tio. A vida de Afranius decorreu entre festas e pergaminhos, festas oferecidas quase sempre em honra de alguma divindade pagã. Quando a primeira peça teatral de sua autoria foi levada à cena, festejou o acontecimento de maneira retumbante e, subitamente, faleceu de um colapso cardíaco.

Apesar do apagado valor espiritual dessa encarnação, Afranius conseguiu ampliar suas tendências literárias, aprendendo a expressar-se pela palavra escrita.

Em seguida à vida pagã em Roma, encarnou-se numa tribo asteca, na América Central. Os astecas, na época, já haviam perdido quase que completamente a ligação com a Luz. Em lugar de Deus adoravam "Quetzalcóatl", a cobra grande, à qual temiam. Os dirigentes desse culto tenebroso, como não podia deixar de ser, eram sacerdotes. Devido a um deles, Afranius ali se encarnou. Tratava-se de um mago, inimigo seu nos dias de Dario. O antigo rei Dario prendia-se por fortes laços a esse homem, devido a uma mulher que ambos tinham amado. Afranius, entre os astecas, nada sabia, porém, desses acontecimentos passados.

Conheceu, assim, nessa encarnação, o lado triste da vida, devido à ausência de ligações com as alturas luminosas. Quase foi arrastado totalmente às trevas.

Centenas de anos depois, Afranius nasceu como filho de um paxá mouro. Com apenas vinte anos, herdou o nome e o título paternos, passando a chamar-se, então, Djelal Paxá. Seus antepassados haviam emigrado para a Ásia Menor. Disso se explica que Djelal Paxá participasse do grupo de mouros que combatiam as Cruzadas cristãs, fechando o caminho para a Terra Santa. Cumpriu, assim, os desígnios da Luz, que se opunha à posse da Terra Santa e do suposto túmulo de Jesus para fins escusos. Nesse tempo emaranhou-se muito em casos amorosos, com mulheres raptadas. A circunstância gerou-lhe aborrecimentos, inimigos e pouca felicidade. Seu harém encerrava cerca de setenta mulheres de todas as idades e tipos, contudo andava em busca de uma, que pudesse de fato amar.

Retornou à Terra um dia, depois de sua vida terrena como Djelal Paxá, nascendo no Brasil, entre índios tamoios. Aos quarenta anos, aproximadamente, tornou-se chefe de uma tribo dessa nação de silvícolas, com o nome de Araritimoio, o Arariboia conhecido na História pátria. Sua tribo construía embarcações para serem usadas nos rios e baías. Tanto os tamoios quanto os tupis haviam alcançado certo grau de desenvolvimento, quando os portugueses invadiram seus domínios. Levavam uma vida feliz, à semelhança dos incas. A própria calma, a felicidade da fartura que essas tribos desfrutavam, contribuiu para seu entorpecimento espiritual, facilitando a penetração e o domínio dos brancos em suas terras.

Araritimoio travara relações com os franceses aqui radicados, adversários dos portugueses. Os franceses muito se esforçaram para obter essa amizade. Não obstante, eles mesmos destruíram o pacto de amizade, tão diligentemente conseguido. E isso por causa de um capitão de navio francês e seus marujos, que invadiram tabas tamoias, capturando mulheres e crianças. Sentindo-se ultrajado com o acontecimento, Araritimoio firmou aliança com os portugueses, colaborando na expulsão do inimigo comum.

Muito se poderia dizer ainda sobre esses povos primitivos, habitantes do Brasil, senhores da terra e que tanto sofreram diante da falta de compreensão dos invasores. Os melhores desses índios encontram-se hoje encarnados entre brancos.

Em decorrência das lutas com os franceses, Araritimoio foi mais tarde atraído para a França, nascendo numa família pobre de Paris, com o nome de Marcel, cinquenta anos antes da revolução. Seu pai trabalhava numa tipografia primitiva, onde se imprimiam panfletos contra os defeitos da monarquia. Em consequência disso a pequena oficina transformou-se num centro revolucionário. Foi nesse ambiente de descontentamento e ódios contra a sociedade que Marcel formou sua personalidade. Ainda não completara vinte anos, e já escrevia páginas contra a organização social da época. Os revolucionários daquele período histórico eram sinceros na pregação dos ideais de igualdade e fraternidade para os seres humanos. Nem sequer supunham que esses ideais eram utópicos para o presente estágio da humanidade, constituída de tipos de maturidade espiritual tão diferente.

O grupo que lhes seguiu as pegadas tentou implantar a fraternidade... com lutas sangrentas e assassínios. Diversos desses revolucionários encontram-se agora encarnados na Rússia, a serviço do mesmo antigo ideal falso.

Marcel faleceu pouco antes da Revolução Francesa.

Foi assim que esse espírito peregrinou durante milênios pela Terra. Como Dario, proclamou o nome de Deus; como Abia ben Jacob reconheceu Jesus.

A moça surda-muda do tempo de Jesus é hoje uma de suas filhas. A irmã mais velha da surda-muda, Dinah, que esperava a certa distância, é sua atual esposa, que foi também a mãe cristã de Afranius. A jovem romana, casada com Mário no tempo em que era Afranius, também é uma de suas filhas atuais.

Todas as suas filhas têm laços cármicos de ligações dos dias de Djelal Paxá. Sua atual esposa foi uma das jovens raptadas, natural da Geórgia, que Djelal Paxá comprou.

Maria

Um quadro do mais profundo desespero humano, de milênios passados, torna-se visível...

Palavras, interrompidas por choro amargurado, chegam aos ouvidos, vindas de muito longe:

"Senhor, tu que és o Messias, estou prostrada na poeira, aqui, diante de ti. Sou cega, e dói-me a cabeça. E a cada dia e a cada hora vivencio o martírio que tu sofreste... Cheio de amargor está o cálice, mas eu beberei cada gota desse amargor, com grata alegria e esperança... Senhor, Messias, deixa-me sofrer o que sofreste, deixa-me sofrer sete vezes, mas deixa-me expiar e ter esperança... Deixa-me remir, por não ter reconhecido tua magnificência e por ter falado contra ti... Foi-me permitido ver-te e ouvir tuas palavras, enquanto caminhavas sobre a Terra, e foi-me permitido ver-te quando a tristeza te envolveu... Vi como foram perfurados os teus pés, e eu estava às cegas, por não ter conseguido ver a tua santidade... Tuas palavras e teus milagres chegaram apenas até meu cérebro, porém não atingiram meu coração... Sim, Senhor, meu Senhor, falei contra ti, por que meu coração estava ressecado, e em volta da minha cabeça sinto dores, como que causadas por uma coroa de espinhos... E, agora, fiquei cega na Terra... Estou fazendo penitência e sofro; ó Senhor, não peço a ti, mas apenas a teus servos que tenham misericórdia comigo... Deixa-me sofrer e remir... Deixa-me remir, pois minha alma almeja o país celeste do amor e da Luz..."

As palavras silenciam, e o choro desesperado da atormentada criatura humana cessa também pouco a pouco. Um raio de esperança tocou os olhos dela. Foi ouvida, sendo-lhe permitido remir e soerguer-se. Sim, foi-lhe permitido remir e soerguer-se quando o Filho do Homem vier julgar a humanidade por suas ações... Quando a Luz da Verdade atingir, despertando, os espíritos na Terra...

Uma irradiação luminosa, como um raio, desfaz as brumas do passado, e torna-se visível uma colina, onde se encontram três armações. Ao pé da armação do meio está ajoelhada uma mulher de meia-idade. Um manto cinzento envolve sua figura, e seu rosto está coberto por um lenço. Ao lado dela encontra-se um homem. O rosto dele está transfigurado pela dor; no entanto tem os braços levantados em silenciosa oração. Sua prece silenciosa é fervorosa e repleta de humildade e confiança em Deus... Ele sofre junto com a mulher, que é sua mãe e a quem ama de todo coração...

Os dois seres humanos, bem como a colina com as três armações, estão iluminados pelo brilho avermelhado do pôr-do-sol, de um modo esquisito, quase opressor. É como se toda a sinistra tragédia humana houvesse se concentrado na colina... A colina é o monte Calvário em Jerusalém, aproximadamente vinte anos após a crucificação de Jesus. A mulher é de Idumeia, chama-se Noemi, e é mãe do curandeiro Jodkar. Os antepassados de Noemi eram persas, que centenas de anos antes se haviam estabelecido na Babilônia. Ela ouvira os sermões de Jesus e vivenciara também alguns milagres dele; contudo, não pôde reconhecer nele o esperado Messias. Ela se carregara de culpa, porque falara contra a doutrina de Jesus.

Jodkar, seu filho, não se encontrava na Palestina no tempo de Jesus, nem chegou a conhecê-lo. Estava na Fenícia, numa tribo, aprendendo com os sacerdotes a arte de curar. Esses sacerdotes se intitulavam descendentes dos sábios de Ur, da Caldeia. Mais tarde, ele foi aceito nesse sacerdócio, sendo também introduzido na doutrina mística dessa irmandade. Essa doutrina mística baseava-se na constante volta do espírito humano à Terra. Quando Jodkar voltou para os seus, na Judeia, era adepto convicto da reencarnação.

Ao reencontrar a mãe, esta começava a ficar cega, sentindo fortes dores na cabeça, como se um cinto de ferro a cingisse. Apavorado, olhava para sua tão ativa mãe. Laços especiais de amor e de compreensão sempre os haviam ligado. Ele era grato a ela por ter podido adquirir um saber que apenas poucos ainda possuíam. Quase desesperado, perguntava-se de que maneira poderia ajudá-la. Contudo, ela mesma havia chegado a um reconhecimento superior. Como a queda de um raio, sobreveio-lhe o reconhecimento de sua culpa. De repente, sabia que Jesus era o esperado Messias, e que ela havia pecado contra o amor de Deus-Pai. Mas haveria, para ela, ainda perdão e remição? Sempre de novo se perguntava, desesperadamente, sobre o que poderia fazer para libertar-se de sua culpa...

Jodkar indicou-lhe um caminho, que surgiu diante dela como que iluminado por uma luz. Propiciou-lhe a esperança de, em uma outra vida terrena, poder remir e ainda subir aos jardins celestes, ou, em alguma outra parte, servir ao Filho de Deus.

Noemi resolveu, então, empreender uma peregrinação até o monte Calvário, e seu filho a acompanhou. Contudo, estando diante das três armações de madeira, foi tomada de uma dor que ultrapassava o âmbito terrenal. Na dor, porém, tornara-se ciente de que teria permissão de redimir-se. Sim, mais ainda, não apenas poderia redimir-se, como também servir, de algum modo, para preservar outros seres humanos do erro dela...

Agora, foi permitido a Noemi reconhecer, no remate de todas as coisas, a Verdade, e com isso o Filho do Homem. A ardentemente almejada cruz, diante da qual ela, hoje, se ajoelha, não é a cruz do sofrimento de Jesus, mas sim a luminosa e eterna Cruz da Verdade, cujo sinal ela, agora, porta na testa. Quanto mais profundo o remorso de um ser humano, tanto maior a graça de Deus...

Jodkar, o sacerdote e curandeiro, que devia seu saber à ampla percepção de sua mãe, Noemi, pôde agora estar ligado a ela em amor, viver a seu lado e sofrer conjuntamente a remição que, de acordo com a lei da reciprocidade, teve de atingi-la agora no Juízo. Tal remição, apesar de todas as dores, tornou-se-lhe um voo às alturas, na irradiação do amor de Deus. Jodkar, que hoje é seu marido, trouxe consigo um saber que logo lhe permitiu reconhecer a Verdade. Agora, ambos estão ligados à Cruz da vida. E foi num vinte e nove de dezembro, segundo nossos cálculos, que esses dois seres humanos estiveram no monte Calvário.

Alfredo

"Felizes, vós, seres humanos, que podeis entrar no portal da justiça! Pois absorveis força e saúde no Templo da Justiça!..."

O enorme portal vermelho-reluzente fechou-se retumbantemente. Semercher, o egípcio, ficou parado nos degraus do templo, tomado de pavor paralisante... O portal do templo fechara-se diante dele?... O que acontecera?... Quem havia promovido isso?... Semercher subiu os degraus que ainda faltavam e bateu com os punhos no metal frio... Mas logo deixou cair os braços, procurando por algum objeto com que pudesse manifestar-se melhor... Contudo, nada acontecia... Não aparecia nenhum porteiro que lhe abrisse...

O templo com o portal vermelho-reluzente encontrava-se num plano de matéria fina, nas proximidades da Terra, e muitos egípcios reuniam-se ali, enquanto seus corpos terrenos dormiam na Terra... Era o templo do ensino, onde os espíritos de seres humanos que ainda viviam na Terra podiam assimilar um saber superior, a fim de tirar ensinamentos para si próprios e ajudar os outros. Não era grande o número de pessoas, interiormente tão puras, às quais era proporcionada essa graça... E no decorrer de suas vidas terrenas, muitas se tornavam pesadas, irradiando assim cores turvas, de modo que, cada vez com mais frequência, teve de ser fechado o maravilhoso portal diante delas...

Semercher acordou com o coração batendo descompassadamente, em seu palácio na Terra. Seu espírito havia voltado ao corpo material, tentando retransmitir ao cérebro suas impressões. Acordando, pareceu ao egípcio ter sido despertado por um estrondo retumbante... Mas por que lhe doíam as têmporas e a nuca? E por que estava o coração trabalhando assim irregularmente?...

Semercher olhou em redor no seu dormitório e levantou-se meio indeciso do leito. Como todos os egípcios nobres daquela época, ele era alto e muito esbelto. A cabeça era estreita e de bonita formação, mas em seus belos olhos castanho-claros havia um brilho duro e frio. Uma roupa justa de linho branco envolvia seu corpo, descendo até os pés. Um cinto vermelho cingia a roupa sem mangas. Em ambos os braços, na parte superior, havia largos braceletes de ouro enfeitados com lápis-lazúlis. Seus cabelos castanhos e lisos estavam penteados para trás, de modo que sua testa alta se destacava especialmente. Semercher tinha, naquele tempo, cerca de quarenta anos. Contudo, em seu rosto cor de marfim já se mostravam os primeiros sinais de velhice.

Indeciso, continuou parado no aposento, como se estivesse escutando algo. Finalmente, levantou a mão, batendo num gongo. Quase que instantaneamente se aproximou um servo, ajoelhando-se com submissão, a fim de colocar as sandálias nos pés de seu amo. Mas Semercher virou-se irritado, perguntando de modo brusco:

— Quem ousou fazer barulho enquanto eu dormia?

— Ninguém, senhor, respondeu o servo tremendo.

Semercher olhou desconfiado para a figura encolhida junto a seus pés e perguntou:

— O que estás escondendo de mim?

Como o servo não lhe respondesse, Semercher tirou um chicote de uma mesa.

— Fala! berrou para o infeliz. O servo apenas ergueu as mãos em gesto de súplica e disse:

— Eu não sei de nenhum barulho.

O chicote voou para o leito, enquanto Semercher olhava furioso à sua volta. Por Hórus! ele poderia ter jurado que escutara o ribombar de um portal fechando-se. Depois de algum tempo, deu uma risada irônica. Foi um riso sem alegria, que não aliviava... Pois bem, talvez o seu espírito houvesse perambulado por inúmeros submundos enquanto dormia...

Semercher colocou o pano branco na cabeça, prendendo-o à testa com um aro enfeitado por um falcão levantando voo. Depois, deixou o aposento sem falar nada. Ele era um dos doze ajudantes do faraó Menés. Era costume ele apresentar-se uma vez por dia no novo palácio, para tratar de assuntos importantes com seu senhor.

Menés, o faraó, tinha mais ou menos a mesma idade que Semercher. Ambos, ainda crianças, tinham vindo para o Templo de Serápis e foram educados pelos sábios sacerdotes. Era uma época de penúria quando isso aconteceu... A cidade de Mênfis tinha sido atingida por um Juízo de Deus... Foi a peste das moscas vermelhas, que naquela época frequentemente alastrava-se de forma epidêmica, quase extinguindo toda a população. Até os sacerdotes de diversos templos não foram poupados pela peste. Deus é justo! E as leis Dele cumprem-se em qualquer um que se oponha a elas, zombando de modo frívolo!...

Os habitantes de Mênfis, a capital à beira do Nilo, haviam erigido altares a Baal, proporcionando honras divinas a esse renegado. Durante muitos anos escarneceram assim do seu Criador... O faraó daquele tempo e toda a sua estirpe foram os primeiros a serem atingidos por essa doença... Apenas os sacerdotes do Templo de Serápis foram poupados, pois eles não adoravam Lúcifer nem se prostravam diante dele. Prestavam honras exclusivamente ao supremo e invisível Deus e aos Seus invisíveis servos na Criação. Quando a peste passara, o Templo de Serápis estava superlotado de crianças órfãs... Também Menés, filho de um conselheiro do regente morto, e Semercher, filho do misturador real de tintas, estavam entre elas.

Logo os sacerdotes reconheceram que Mênfis precisava novamente de um faraó, que reconstruísse a cidade destruída e encorajasse a população abatida, dando-lhe segurança e ânimo. Demoradamente, os sábios e experimentados sacerdotes examinavam e selecionavam um nome. Uma vez que ninguém da família real havia sobrevivido, tiveram de escolher alguém que estivesse mais bem qualificado para tal missão. A conselho dos deuses, que eram os servos invisíveis do eterno Deus, optaram pelo jovem Menés para essa incumbência. Ao mesmo tempo, foram escolhidos também aqueles que seriam os seus colaboradores mais chegados. Entre esses se encontrava Semercher.

Menés e Semercher estavam com aproximadamente dezoito anos. Os sacerdotes, ao consagrarem o novo faraó, colocaram-lhe na cabeça o capacete alado com o signo de Hórus. Os colaboradores dele recebiam, como sinal de sua incumbência, aros de cabeça com um falcão levantando voo, signo do grande Hórus.

Quando isso aconteceu, Semercher era um jovem bondoso e solícito, muito querido, em quem todos confiavam. E, como todos os outros, era profundamente grato por Serápis tê-lo protegido da terrível doença... Ele era muito habilidoso e inteligente. Mal havia deixado a idade infantil, e já dominava a arte de escrever os hieróglifos. Orientado pelos sacerdotes, escrevera sobre tábuas pretas todo o grave acontecimento que havia atingido a população. Essas placas foram então colocadas nos pórticos do templo, de modo que todos os visitantes, vindos de longe ou de perto, podiam ler tais descrições e ao mesmo tempo assimilar a advertência de que todas as ações humanas retornavam, fosse como sofrimento ou como alegria... O jovem Semercher aprendera, com o mestre das madeiras, a entalhar e confeccionar móveis. Em breve, por iniciativa própria, começou a fabricar e ornamentar as armações de camas, mesas e cadeiras. Em vez de pés comuns, entalhava patas de leões e de tigres, como também garras de grandes aves. Assim, todos os móveis artísticos eram por ele assentados sobre pés de animais.

Quando os sacerdotes o escolheram como colaborador de Menés, ele teve a intenção de dedicar-se exclusivamente à arte de escrever. Mas, por ocasião de um passeio junto com o faraó, viu que todos os palácios da família real estavam completamente vazios e, por isso, começou a ensinar aos jovens a confecção de móveis. Ele próprio gostava disso. Mesmo porque Menés não podia habitar um palácio vazio...

Todos os palácios, templos e casas, naturalmente, eram bem decorados e estavam bem erigidos na época da peste. Mas quando a terrível doença se alastrou cada vez mais, os sacerdotes ordenaram que grandes fogueiras fossem acesas a fim de purificar o ar, afastando assim os demônios da doença, que tinham vindo com as nuvens de moscas. Dessa maneira, queimaram tudo o que servia de combustível. Mesmo paredes inteiras, e até telhados, foram sacrificados às chamas.

Semercher estava muito feliz. Trabalhava de sol a sol. Em pouco tempo não dispunha de mão de obra suficiente para satisfazer a todas as requisições. Seus grandes galpões localizavam-se perto do rio, e ali se preparavam logo os troncos, amarrados em jangadas, que eram empurradas para a terra. Somente depois de um penoso trabalho, quando os troncos haviam sido cortados em tábuas, é que estas eram transportadas para os galpões de trabalho, sendo ali então transformadas em móveis artisticamente confeccionados.

Quando a mão de obra disponível não mais bastava para vencer os trabalhos, Semercher decidiu empregar membros de tribos negras, ensinando-os. A cidade, então, florescia de novo, recomeçando o comércio em geral. Frequentemente tribos inteiras desciam e subiam o Nilo, para trabalhar temporariamente no Egito ou para fazer negócios de troca. Os forasteiros vinham muitas vezes apenas para ver o Templo de Serápis e pedir orientação aos sábios para suas necessidades e doenças.

E assim chegou também uma tribo de núbios, que havia abandonado sua aldeia por ter-se infiltrado lá um demônio de doenças, ceifando a vida de crianças. Segundo o conselho do curandeiro, deviam permanecer afastados de sua aldeia durante algum tempo. Assim, o demônio se cansaria e iria embora. Eram homens excepcionalmente fortes, e mulheres de compleição bonita, com mãos e pés delgados e rostos harmoniosos. Sua pele reluzia como madeira escura brilhante. A tribo trouxe muitos grãos de ouro, pois diziam possuir um riacho cujo leito continha muito ouro entre as pedras e a areia. O chefe deles chamava-se "Espírito Amarelo", e esse Espírito Amarelo dirigiu-se, como era costume, ao templo principal da cidade. Ali, os sacerdotes aconselharam os núbios a ajudar na reconstrução da cidade, já que uma vida ociosa não seria de agrado dos deuses. E assim aconteceu.

Em pouquíssimo tempo o Espírito Amarelo e os seus construíram um galpão, que servia para abrigar ao menos mulheres e crianças. Esses homens eram tão habilidosos com a madeira, que Semercher os chamou para trabalhar com ele. E as mocinhas, pouco a pouco, foram acolhidas por famílias para ajudar e também aprender tudo o que quisessem saber. Quando isso aconteceu, Menés já reinava havia dez anos, e Semercher era um de seus ajudantes mais chegados. O palácio real foi praticamente construído de novo, e também os palacetes de todos os conselheiros e outras personalidades importantes. Por toda parte construíram-se albergues para alojar os inúmeros mercadores estrangeiros com as suas caravanas. A vida florescia novamente, e visto que o povo ainda não havia esquecido os sofrimentos vivenciados, também não havia nenhuma heresia nessa parte do Egito.

O mordomo do palacete de Semercher acolheu duas jovens núbias. Elas deveriam tratar das flores e remover a umidade e a poeira dos móveis, bem como ajudar no preparo das refeições. Uma das moças era Renut, a filha do Espírito Amarelo. Era bela, forte e tinha um modo de caminhar verdadeiramente majestoso. Possuía olhos argutos, e percebia-se que observava atentamente tudo o que se passava à sua volta. Ao contrário de outros membros de sua tribo, ela esforçava-se com afinco para aprender a língua dos egípcios. Quando Semercher viu a moça pela primeira vez em seu palácio, levou um choque, olhando-a fixamente. Somente ao reparar que a moça sorria timidamente para ele, virou-se, aborrecido consigo mesmo. Com o decorrer do tempo acostumou-se a ela, e muitas vezes, sem que ela percebesse, ele observava furtivamente seus movimentos graciosos. Sentia ao mesmo tempo repulsa e atração por ela. Por que motivo, não sabia dizer.

Nessa época, aconteceu de Semercher apaixonar-se pela filha de um de seus amigos. Ela chamava-se

Jokaste. Era jovem, encantadora e sua pele brilhava como róseas nuvenzinhas na alvorada. Jokaste era filha de uma mulher nobre da Fenícia e de um egípcio nobre. Embora fosse muito mais moça do que Semercher, mostrou-se disposta a unir sua vida à dele no Templo de Chnum. O amor a essa moça entusiasmou-o de tal forma, que mandou preparar placas em seu palacete, nas quais descrevia com eloquentes palavras esse sentimento. Cada placa era um hino ao amor, e Jokaste colocou-as no palácio de seu pai, lendo com olhos brilhantes e as faces enrubescidas as canções de Semercher. Pois Jokaste, como muitas pessoas de sangue fenício, ansiava aprender e assimilar coisas novas. Assim, havia exigido também que um dos sacerdotes a ensinasse a ler e a escrever. Tal esforço valeu a pena, uma vez que desposaria um homem que lia e escrevia.

Renut havia conseguido permissão para ficar sentada ao lado de Semercher quando ele desenhava as letras. Ela dava-lhe as tintas, segurando nas mãos as tigelas, de modo que ele sempre as tivesse a seu alcance. A moça negra amava Semercher. Nunca havia visto um homem da espécie dele, e desejava, com toda a força de sua alma, que Semercher simpatizasse com ela. Nada sabia de Jokaste, tampouco que um nobre egípcio de raça pura não podia enlaçar-se com seres humanos de outras raças. Embora Semercher amasse Jokaste de todo o coração, Renut atraía-o de tal modo, que ele, indo contra sua própria consciência, travou relações com ela. E quando ela indicou para o próprio ventre, fazendo-o compreender que estava esperando um filho dele, ele se conscientizou do horror de seu ato. Desesperado, correu para seu amigo sacerdote no templo.

O velho sacerdote meneou entristecido a cabeça. Ajudar? Não havia ajuda... Semercher carregara-se irrefletidamente de uma culpa que teria de portar consigo durante toda a vida... A culpa era pesada, uma vez que fora um delito contra o amor...

— Posso comunicar o ocorrido ao pai dela? disse o sacerdote pesarosamente ao antigo aluno...

— Jokaste! Penso nela, gritou Semercher em desespero. Que me importam Renut e seu pai!...

O sacerdote meneou a cabeça, reprovando:

— Para onde fugiu teu amor ao próximo? Não podes fazer um mal a teu semelhante e em seguida afastá-lo para o lado. Tuas cobiças têm sido um pecado contra o amor.

— Não... não... os deuses existem... Oh! Serápis, ajuda-me! exclamou Semercher.

Enquanto Semercher, em seu desespero, batia com a cabeça contra uma estátua, o sacerdote retirou-se silenciosamente. Semercher, sozinho, teria de encontrar uma saída... Quem tinha a ousadia de pecar, tinha também de carregar sozinho o fardo, o fardo de sua culpa.

Com a cabeça abaixada e o coração pesado, Semercher voltou para seu palácio. Teria de convencer Renut a ir embora...

Enquanto ele estava no templo, a outra menina núbia ficara sabendo, por carregadores de água, que logo o palácio teria uma patroa. A linda Jokaste já estava usando o amuleto matrimonial pendurado no pescoço... Haveria uma grande festa... A moça, assustada, levantara o olhar ao entender o sentido das palavras. Sem demora correu até Renut, cochichando no ouvido dela a grande novidade. Renut escutou, continuando sentada na esteira do quarto de trabalho. Teria sido impossível se levantar... Sabia, naturalmente, que o nobre egípcio não ficaria sempre com ela... No entanto, não contara com uma separação tão rápida...

Renut levantou amedrontada o olhar, quando Semercher entrou no quarto. Ele a fitou com os olhos semicerrados. A larga roupa vermelha não mais podia ocultar o ventre avolumado pela gravidez. Depois de um prolongado silêncio, sentou-se diante dela.

— Vejo que já conheces a verdade, disse ele o mais calmo possível. Renut acenou com a cabeça, concordando, e começou a chorar. Voltarás ainda hoje para teu pai, disse Semercher, com firmeza.

— Meu pai me expulsará da tribo, murmurou ela.

— Então vai para uma outra tribo e te escondes até teu filho nascer!

Como a infeliz moça não se movesse para levantar-se, ele a puxou brutalmente para cima, empurrando-a para fora da porta. Ao mesmo tempo chamou seu criado, ordenando-lhe que levasse a moça embora e arranjasse-lhe um abrigo.

— Mas longe daqui... Não quero mais vê-la... Ela deve ter feito uma magia ruim comigo para que isso pudesse acontecer, disse Semercher.

— Tens razão, senhor, disse o criado, contando então, prazerosamente, que alguns egípcios, já mais idosos, também haviam levado moças negras da floresta para seus leitos.

— Cala-te, gritou Semercher, golpeando ao mesmo tempo as costas do servo com uma vara metálica.

Renut gostaria de sair. Mas adoeceu tão gravemente, que os servos não sabiam para onde a levar. A outra moça fugira, transmitindo o triste fato ao pai e aos irmãos de Renut. Nos olhos dos núbios surgiu um brilho mau. Por toda parte onde os seus estivessem trabalhando e onde podiam viver haviam dado ouro, tendo também executado muitos trabalhos adicionais. Como poderiam ter adivinhado que algo assim pudesse acontecer?...

Para infortúnio de Semercher, Jokaste, junto com a mãe e os irmãos, fez sua primeira visita ao futuro lar. Um servo totalmente desnorteado os recebeu. Jokaste, não pressentindo nada de mal, caminhou através do salão de recepções, a fim de ver também os outros aposentos. Trazia consigo valioso mobiliário e preciosos utensílios domésticos, e queria ver onde poderia colocar tudo. De repente, achou esquisito Semercher não estar presente. Pois ele sabia que aquele era o dia... Mas, no pátio, ouviam-se vozes... Curiosa, atravessou os aposentos, entrando no pátio calçado dos fundos no instante em que Semercher, com toda a pressa, empurrava uma alta moça negra, em prantos, para dentro de um dos galpões de trabalho, ou de guardar ferramentas, rodeado por criados.

Jokaste retirou-se sem ser vista. Nada compreendera, embora lhe parecesse esquisito que Semercher tratasse tão duramente uma serva negra... aliás, que até a tocasse. Isso não era costume na cidade de Mênfis...

Jokaste correu para junto de sua mãe e, sem fôlego, relatou o que havia visto.

— Estás dizendo que ele empurrou uma núbia para dentro do galpão? perguntou a mãe de Jokaste.

— É o que ele fez, respondeu a jovem sem compreender.

— Devemos sair deste palácio, disse de repente um dos dois irmãos de Jokaste. Vem, mãe, eu explicarei depois.

— Por quê? Eu mesma verei o que está acontecendo.

E antes que os irmãos a pudessem deter, a mãe já desaparecia nos aposentos dos fundos. Não se via mais Semercher. Mas os criados ainda estavam junto da entrada do galpão, discutindo entre si. A decidida fenícia empurrou um dos criados que estava barrando o caminho e entrou no compartimento baixo, cheio de placas de madeira, pedras lapidadas de mármore e muitas outras coisas. Num dos cantos, estava agachada uma mulher choramingando. Vendo a nobre dama, Renut levantou-se com dificuldade. Ela já recuperara seu autocontrole e sabia, agora, o que tinha de fazer. Apenas ir para longe dali, o mais depressa possível.

De repente, Semercher estava diante da mãe de sua amada. O rosto dele estava coberto de suor, e suas mãos, trêmulas.

— A núbia terá uma criança, e esta é tua, disse a fenícia com firmeza. Terei de dizer isso à minha filha. Ela decidirá se ainda te quer... Eu mesma não considero tua culpa tão condenável, como provavelmente teus patrícios julgam, acrescentou bondosamente. Estava com pena de Semercher. Ele era tão confiante e de tão bom coração... Contudo, sabes que minha filha é muito mais uma egípcia...

Pois bem, Jokaste não o desculpou. Achou repugnante que seu futuro esposo tivesse dividido o leito com uma núbia. Somente um homem corroído pelo verme macularia seu próprio sangue, misturando-o... Guiada pela mãe e seus irmãos, ela deixou o palacete que dentro de poucos dias deveria tornar-se seu lar.

Semercher ficou, mas uma alteração sinistra processou-se nele. De homem bondoso e compreensivo, tornou-se um tirano duro e impaciente.

Quando os irmãos e o pai de Renut vieram para exigir de volta o seu ouro, ele os atingiu com um pau. Um dos jovens caiu ali de modo tão infeliz, que pouco depois morreu no salão de recepções. A raiva de Semercher não conhecia limites. Batia selvagemente até naqueles que queriam levar embora o irmão moribundo de Renut... Uma ação má arrastava outras consigo. Ele tornou-se cruel com seus subalternos, mandando puni-los até por motivos mínimos. Em seu cinto, carregava constantemente um chicote, com o qual batia fortemente em qualquer um que ousasse opor-se a ele.

Menés apiedou-se ao ouvir falar do infortúnio que se abatera sobre Semercher. Mesmo quando soube que Semercher, certo dia, havia expulsado de suas terras os núbios pertencentes à tribo de Renut, mandando empurrá-los para jangadas frágeis, ficou calado. Devia-se dar ao amigo a oportunidade de extravasar sua dor.

A dor se esvaía sempre de novo, mas Semercher tornava-se cada vez mais implacável, mais autocrático e mais arrogante. No decorrer de alguns anos, foram mortas mais de cem pessoas de cor escura, "pessoas da floresta" como eram chamadas naquele tempo; mortas por ele mesmo ou por culpa sua. A situação chegou a tal ponto que, pouco a pouco, todos os seus amigos e colaboradores o evitavam. Mesmo Menés não sentia mais nenhuma alegria em ver seu amigo de outrora.

Apesar de toda a dureza exterior, Semercher estava sofrendo. E era somente esse o motivo de o Templo da Justiça ter estado aberto para ele até certo momento dos acontecimentos. Esse templo encontrava-se um pouco acima do plano terreno, e nele podiam reunir-se todos aqueles que ainda mantinham dentro de si certa saudade da Luz. Tão logo seus corpos terrenos adormeciam, seus espíritos eram atraídos, como por um imã, até o Templo da Justiça. Sábios sacerdotes ensinavam ali, preparando os espíritos para o atuar futuro.

A alma de Semercher, no entanto, havia-se turvado de tal maneira, devido às ações erradas, que o portal do templo se fechou diante dele automaticamente. E quando isso ocorreu, processou-se novamente uma alteração nele. Tornou-se um cismador, e às vezes uma profunda depressão tomava conta de sua alma.

Com o tempo se enfastiara tanto de seu palácio, que cada vez mais frequentemente pernoitava no Templo de Serápis. Acontecia também de ele procurar albergues, escondendo-se lá. Pouco a pouco adquiriu um inexplicável temor das pessoas. Amigos que poderiam ajudá-lo, ele havia afugentado com a sua brutal e arrogante maneira de ser. Os trabalhadores tinham medo dele, evitando-o onde pudessem. Comia mal e pouco dormia. E, quando dormia, tinha a impressão de que espíritos malévolos o acossavam através de planos pavorosos... Ainda não tinha cinquenta anos de vida quando, certa madrugada, arrastou-se até o Templo de Serápis, clamando por auxílio.

A vida irregular e o atuar errado fizeram com que envelhecesse prematuramente... Ficava deitado num quartinho onde, quando adolescente, já havia morado junto com outros meninos. Os sacerdotes curadores davam-lhe fortificantes, mas sabiam que não havia mais uma ajuda real para ele, pois sua aura já estava apresentando os sinais de decomposição corpórea.

Um dia, chegou seu velho e sábio mestre. Acomodando-se num leito ao lado dele disse-lhe:

— Semercher, escuta-me!

— Eu escuto e peço-te que fales comigo e me ajudes em meu sofrimento. Estou arrependido das minhas ações más e gostaria de continuar a viver para poder remir ainda aqui na Terra, disse Semercher.

— Estás arrependido mesmo?

— Estou arrependido na minha alma, e meu coração dói ao pensar em minhas ações atrozes. Semercher sentou-se e apoiando a cabeça nas mãos, em inconsolável tristeza, continuou: meus amigos de outrora tiveram pena de mim, pensando que um ente malévolo tivesse entrado no meu corpo... Mas tu, sábio, conheces-me; sabes que todas as atrocidades vieram de mim mesmo.

O sacerdote olhou entristecido para o doente. Depois disse:

— Teu arrependimento é legítimo; então, terás perdão. Isto é, ainda não serás condenado por tuas ações nefastas. Ser-te-á dada a oportunidade de remir em outras vidas terrenas... Sim, poderás libertar-te de teus pecados... Vejo diante de mim uma parte de teus futuros caminhos de vida... A libertação final, terás somente quando o supremo juiz vier à Terra para julgar. Não antes. Então te será permitido viver e sofrer... E será difícil para ti... tão difícil que, vez por outra, a vida não mais te parecerá digna de viver... Mas aí não terás uma escolha... Aceita como consolo: os portais do Templo se abrirão de novo para ti, e novamente poderás ouvir as vozes dos espíritos elevados... Mas escuta, Semercher, e ouve minha advertência... Vive de tal forma, que os portais não mais tenham de ser fechados diante de ti, pois então será para sempre...

— Quero comprometer-me à mais dura vida, se novamente puder tornar-me aquele que sempre fora, disse Semercher com a voz entrecortada. E é esquisito, penso agora frequentemente em Renut... Eu a fiz sofrer horrivelmente e a empurrei para a morte...

Também Jokaste... ela abandonou-me com desprezo no coração... Ah! Se eu pudesse continuar vivendo e remir minha culpa aqui na Terra...

— Isto não poderás, uma vez que o cordão vermelho que liga teu espírito ao corpo já se acha tão roto, que a qualquer momento poderá romper. O pensamento de poder remir terá de ser suficiente para ti. E o arrependimento no teu coração será como uma acusação constante... sim, até que o arrependimento te abandone e a paz entre em teu íntimo... Que os guardiões do céu protejam tua alma em tuas duras caminhadas... Vai em paz. Um dia nos veremos de novo... Depois dessas palavras, o sacerdote Khebent deixou o quarto do moribundo.

O faraó Menés é hoje considerado o regente da primeira dinastia; contudo, esse primeiro Menés viveu há aproximadamente quatro mil anos antes de Cristo, aliás, na época em que Kher-Aha e Mênfis, as duas grandes cidades, foram atingidas por uma peste epidêmica... A tradição de hoje indica a data em dois mil e novecentos anos antes de Cristo...

Serápis era um grande enteal, que se tornava visível sob forma de touro aos seres humanos, pois os povos de outrora tinham conhecimento dos quatro animais que circundam o trono de Deus. No Egito, adorava-se naquele tempo também a águia. A águia equivalia ao elevado ente alado denominado Hórus. Hórus era o ente alado do trono de Deus. Mais tarde, mesclou-se Hórus com outros deuses e espíritos.

Chnum era um dos grandes servos do sempiterno Deus. Ele tinha a incumbência de conduzir pacificamente o homem e a mulher. Esses grandes servos eram, em geral, chamados de deuses naquele tempo, porém todos sabiam que eles serviam ao Onipotente, o Juiz do Universo, o Senhor da Pirâmide, obedecendo à vontade Dele.

Jokaste está encarnada, na época atual, no Oriente.

Renut encontra-se agora na América Latina.

QUEM FOI O DITADOR PABLO*
EM ERAS PASSADAS?

Esse ditador, de quem aqui se fala é, sem dúvida, uma das figuras mais discutidas. Toda a América Latina vê nele o herói, que combateu como um experimentado guerreiro a fim de livrar seu país do regime ditatorial em que vivia.

As simpatias por ele conquistadas, na América do Sul e Central, são mais surpreendentes ainda, se levarmos em consideração que não obstante ter derrotado uma ditadura, implantou outra, diante da qual não recua nem mesmo em se tratando de atos de violência...

Espontaneamente se pergunta quem teria sido esse homem em vidas passadas, para que ocupe tão proeminente posição nos dias de hoje. Essa posição, contudo, deixa de ser extraordinária, ao sabermos que ele, já na vida terrena anterior, foi um herói nacional para toda a América do Sul, um libertador! Naquele tempo, com o nome de Simon Bolívar, lutou contra a soberania espanhola, para a libertação desta parte do continente.

---

* Pablo é pseudônimo.

Simon Bolívar, que nasceu em Caracas no dia 24 de julho de 1783, fez, quando jovem, uma viagem à França, lá absorvendo com entusiasmo todas as ideias e ideais revolucionários. Da França seguiu para a América do Norte, e o que mais admirou naquele país foi o orgulho que o povo sentia pela liberdade em que vivia. Na América do Norte ele percebeu, nitidamente, que só um povo livre pode sentir orgulho de sua pátria. E chegou à conclusão de que já era tempo de libertar a América Latina do jugo espanhol.

Assim, pleno de energias e ideias revolucionárias, o jovem Bolívar regressou à sua pátria e lá se empenhou na luta pela libertação dos países sul-americanos.

Em toda sua campanha contra os inimigos saiu-se vitorioso. Vários países sul-americanos concederam-lhe um poder ditatorial sem limites, e homenagearam-no como herói nacional e libertador! Durante toda a sua campanha pela liberdade na América do Sul, perdeu somente uma batalha. Depois dessa derrota fugiu para a Jamaica, porém já um ano depois pôde voltar e continuar triunfantemente sua luta.

A decadência de Simon Bolívar começou quando suas ideias e planos ditatoriais colocaram em perigo a liberdade conquistada com tantos sacrifícios. A oposição que se ergueu contra ele tornou-se cada vez mais forte, e vários países latino-americanos, que antes lhe haviam dado amplos poderes, desligaram-se dele completamente. Sua ideia de fundar no Panamá uma confederação de Estados Americanos foi recebida com antipatia e protestos. O governo norte-americano até lhe enviou uma mensagem secreta, através de um enviado especial, na qual expressava categoricamente que em hipótese alguma a América do Norte faria parte de tal aliança, nem mesmo se empenharia para que outros Estados o fizessem, visto que tal união limitaria a liberdade dos povos. Bolívar leu essa comunicação do enviado especial, a qual desencadeou nele certo ódio contra esse país. Ele havia perdido a posição de líder. E não houve salvação: foi forçado, pela intransigência da oposição, a renunciar. Tarde demais reconheceu que havia enveredado por um caminho falso, e que toda a glória e fama nada mais eram do que mera ilusão.

E este ser humano agora? Nele vive e atua o mesmo espírito que encarnou em Simon Bolívar. Com esta nova encarnação mudaram apenas o corpo terreno e o nome... De sua encarnação, como Simon Bolívar, ele trouxe o irresistível amor pela liberdade... porém trouxe igualmente germes de ódio... noções confusas sobre igualdade e fraternidade...

Juntamente com ele encarnaram-se, em seu país, amigos e inimigos de outrora. Com esta encarnação foi-lhe dada a oportunidade de livrar-se dos erros cometidos no passado e também de evoluir espiritualmente. As experiências adquiridas como Simon Bolívar auxiliaram-no grandemente em sua atual luta pela liberdade. Lamentavelmente, porém, ele enveredou novamente por um caminho errado. O novo regime político que instituiu, eliminando totalmente a liberdade e a iniciativa privada, torna ilusória toda a luta pela liberdade de sua pátria.

Este homem é um caso típico da humanidade de hoje, pois está desperdiçando os dons e as forças que lhe foram confiadas.

ETHEL E JULIUS ROSENBERG

Há algum tempo, nos Estados Unidos, foram executados Ethel e Julius Rosenberg. O motivo que determinou essa drástica medida foi alta traição: o casal tinha vendido segredos militares à então União Soviética. O processo desses dois despertou vivo interesse no mundo inteiro. Certamente muitas pessoas se têm perguntado por que eles deveriam morrer tão tragicamente, visto haver tantos outros casos de crimes, aparentemente mais graves, onde se conseguiu transformar a pena máxima em prisão perpétua.

Examinando-se os destinos desses dois seres humanos, do ponto de vista espiritual, chegaremos à conclusão de que se deve procurar no passado a semente do trágico desenlace dessas duas vidas.

Hoje vivemos na época do Juízo Final, isto significa que cada ser humano tem de colher os frutos semeados em eras passadas. Raras são as pessoas que não têm dívidas para saldar. E se o ser humano não tivesse afundado tanto na matéria, já teria descoberto, por si mesmo, que as palavras *"O que o ser humano semeia tem de colher"* não foram ditas em vão. Estas palavras encerram, na realidade, a ventura ou a desgraça de cada ser humano. Esta sentença fundamental mostra claramente a atuação da lei da reciprocidade. Há dois mil anos Jesus pronunciou-as, e, na época de hoje, Abdruschin novamente as divulgou em sua Mensagem do Graal, explicando pormenorizadamente a suma importância dessa lei para o ser humano.

Muitas pessoas pensaram que esse infeliz casal poderia ter sido salvo da cadeira elétrica. Do ponto de vista humano, realmente, poderia; porém, devido aos efeitos da lei da reciprocidade, não puderam ser salvos, pois no resgate final dessa lei divina não existe apelação.

Ethel Rosenberg sempre foi uma mulher descontente e de caráter revolucionário. Olhando para o passado, não muito remoto, vê-se claramente que seu fim não poderia ser brando. Tanto o marido, Julius, como o irmão dela foram arrastados por ela, desta vez, para a atividade subversiva. Várias vezes, no passado, ela agiu como um anjo mau, que arrastava sempre outras pessoas para baixo.

Descreveremos duas passagens de vidas anteriores de Ethel Rosenberg e também uma de Julius Rosenberg, que bastarão para espíritos mais esclarecidos tirarem suas próprias conclusões.

O primeiro quadro mostra, nos Estados Unidos do século passado, uma mulher de meia-idade, com cabelos castanhos, rosto um pouco amarelado e olhos fanáticos. Não era feia, porém dela emanava qualquer coisa de doentio. Chamava-se Miss Mary e em sua casa encontravam-se todos aqueles que queriam pôr fim à vida de Abraham Lincoln, presidente dos Estados Unidos naquela época. Pode-se dizer, com absoluta certeza, que ela foi a instigadora do assassinato desse presidente. E naquela vida ela também teve um fim violento. Nessa época, Julius Rosenberg não estava encarnado na Terra; porém, em vidas anteriores no mesmo país, ele já se havia tornado gravemente culpado.

O segundo quadro mostra Ethel Rosenberg no começo do século XVII na Espanha, na época lúgubre da Inquisição.

A Inquisição havia começado há mais ou menos mil anos, quando, durante um concílio em Verona, os bispos receberam ordem de entregar à Justiça todos os hereges. Logo depois desse concílio foram criados tribunais especiais, primeiramente na França, depois na Itália e Espanha. As perseguições aos chamados hereges, porém, espalharam-se por toda a Europa. No entanto, em nenhum país as atuações desses tribunais foram tão nefastas como na Espanha, prolongando-se até o começo do século XVIII. Inicialmente, esses tribunais julgavam e condenavam somente pessoas que não queriam converter-se ao catolicismo. Mais tarde, porém, essas instituições tornaram-se uma poderosa arma política.

Ethel vivia nessa época na Espanha, pertencendo a uma família de nome Jiménes, intimamente ligada ao "Santo Ofício" (assim se denominavam na Espanha, incoerentemente, os tribunais da Inquisição). Chamava-se Thereza Venina e era casada com um rico comerciante de nome Malaquias. Thereza tinha íntima ligação com o monge que dirigia o Santo Ofício. Algumas pessoas estavam convencidas de que ela era culpada de muitas sentenças cruéis pronunciadas pelo tribunal, sob direção do referido monge, que era igualmente membro da família Jiménes. Em virtude da influência que exercia sobre o monge, ela poderia ter impedido muitos julgamentos e sentenças baseadas em acusações falsas e até ridículas; no entanto, nada fez para amenizar a atuação do monge, pelo contrário, achava certas as medidas tomadas pelo Santo Ofício, dando a este toda a razão.

Naquela encarnação Thereza Venina ficou conhecendo um judeu italiano convertido, que tinha recebido na ocasião do batismo o nome de Justinius. Depois de convertido, Justinius tornou-se um espião, tanto para um grupo político como para a Igreja. Veio à Espanha em missão secreta, com recomendação para a família Jiménes. Introduzido nessa família, foi apresentado a Thereza Venina. Entre os dois houve muitos colóquios, e, pouco tempo depois de sua chegada, um grande grupo foi preso sob a acusação de conspirar contra o rei. Justinius tinha trazido certas notícias secretas, visando ao desaparecimento de um importante personagem político. Visto não ser possível julgar essa pessoa isoladamente, devido à sua elevada posição social, prendeu-se um grande grupo de pessoas, de várias classes, sob a mencionada acusação. No entanto, o único "crime" desse alto personagem e de alguns outros acusados constituía-se no fato de serem contrários aos julgamentos absurdos do Santo Ofício, visando, dessa forma, minar o poder dessa instituição clerical. Por intermédio de Justinius, o Santo Ofício conheceu também os nomes dos parentes desse alto personagem que, na Itália, visavam igualmente ao mesmo objetivo.

Thereza Venina sabia perfeitamente que vários dos presos eram absolutamente inocentes em relação a essa conspiração, porém ficou calada. Ela poderia ter salvado mais da metade daquelas pessoas, em número de aproximadamente trezentas. Justinius, naquele tempo, era um instrumento nas mãos dos superiores, e quando voltou para a Itália prometeu a Thereza Venina, com quem manteve relações amistosas, sempre mandar de lá os nomes de conspiradores importantes.

A vida de Thereza Venina foi, nessa época, do ponto de vista terreno, importante e aparentemente feliz. Ela tapava os ouvidos às vozes da consciência. E, por ironia do destino, dois de seus quatro filhos homens tornaram-se implacáveis inimigos da Inquisição, a ponto de precisarem fugir da pátria. Esses dois, depois de várias peregrinações, estabeleceram-se no sul dos Estados Unidos de hoje.

Justinius e Julius Rosenberg são a mesma pessoa. Ele sempre foi fraco e facilmente dominado pela influência dos mais fortes, fato, porém, que não o tornou livre de culpas.

Devido a seu livre-arbítrio, o ser humano cometeu de fato muitas e muitas injustiças em vidas passadas, porém hoje, na época do Juízo Final, tem de arcar com as consequências.

POR QUE O MEDO DA VERDADE?

Um mau costume difundido em toda a Terra, ou, melhor dizendo, uma fraqueza, é o medo da verdade. Esse temor está tão difundido, que as pessoas, em sua maioria, nem mais pressentem o que elas próprias, isto é, as suas personalidades, perderam com o constante mentir.

Por que o ser humano mente? Ou, por que ele teme a verdade? Da mentira qualquer um deveria ter medo, jamais, porém, da verdade, pois a verdade vem de Deus!

Neste pequeno artigo não será focalizada a verdade no sentido superior, mas apenas será mencionado o mau costume, amplamente difundido, de mentir no dia a dia. Cada mentira é, em última análise, uma armadilha que o autor coloca para si mesmo.

Escrevem-se e publicam-se, ou simplesmente se retransmitem verbalmente coisas que, num exame mais apurado, revelam-se como simples mentiras. Assim é, a começar da alta política, descendo até o círculo familiar mais restrito. Quantas vezes não deparamos com crianças que temem falar a verdade aos seus pais? Essas crianças, naturalmente, têm percebido que a verdade e o comportamento de acordo com a verdade em todas as coisas não são muito bem-conceituados pelos adultos e, por esse motivo, certamente também não desejados. É de estranhar, então, que existam tantas crianças mentirosas? A criança observa muito bem, porém não sabe avaliar o que é certo e o que é errado. Simplesmente imita os adultos, o que, aliás, está certo e é necessário. É de se lamentar, apenas, que essas crianças estejam vendo tão pouca veracidade a seu redor.

Refletindo somente sobre tantas mentiras pronunciadas diariamente, a respeito de coisas mínimas, pode-se compreender que também para as crianças, mais tarde, quando forem adultas, o elevado conceito da verdade terá de permanecer incompreensível.

Com cada mentira que o ser humano pronuncia, ele perde algo precioso, enfraquecendo-se mais do que presume. Muitas coisas desagradáveis, pequenas e grandes, que frequentemente o perseguem, devem ser em muitos casos atribuídas ao modo mentiroso de falar e também ao de pensar. Sim, também ao de pensar, pois quantas vezes uma pessoa não se esforça em inventar mentiras que causarão danos ao próximo.

Já que nestas linhas falamos apenas da vida cotidiana em geral, devemos mencionar um pequeno episódio ocorrido há pouco tempo.

Uma senhora procurava uma pessoa de confiança para cuidar de sua filha adolescente, uma pessoa que, antes de tudo, fosse verdadeira e sincera. Uma vez que esse emprego era atraente em todos os sentidos, inclusive bem pago, várias candidatas se apresentaram. Entre elas uma moça, que mais agradou àquela senhora. Durante a conversa a respeito do tipo de atividade, essa senhora repentinamente se lembrou de ter visto a moça, fazia alguns anos, na casa de uma conhecida, aliás, no dia em que a jovem fora despedida por um motivo qualquer.

Enquanto conversava, a senhora mencionou que dava valor à sinceridade absoluta; nada lhe era mais detestável do que a mentira, não importando a forma em que se apresentasse. A moça acenou com a cabeça, concordando, ao ouvir essas palavras e por sua vez afirmou que também odiava qualquer mentira. A seguir apresentou dois atestados, declarando que só havia trabalhado nessas duas casas e que ela mesma havia pedido demissão. Então a senhora disse que a tinha visto, por acaso, na casa de uma conhecida, num dia em que voltara de uma longa viagem.

Através do embaraço da moça, a senhora constatou o fato: ela estivera lá empregada e tinha sido demitida. Quando a senhora lhe disse que o emprego teria sido dela se tivesse tido a coragem de falar a verdade, a autêntica natureza da moça se mostrou. Tornou-se agressiva, ordinária até, e disse que ninguém tinha nada a ver com os locais onde já estivera. Após essas palavras, proferidas com ódio, deixou a casa como que fugindo.

Esse episódio deixou a senhora pensativa e um pouco abatida, pois se lembrou de uma vivência amarga, que lhe havia trazido muito sofrimento e tristeza. Por causa da mentira de um suposto amigo, havia perdido a confiança de uma pessoa de quem muito gostava. Desde aquela época, ela colocava o amor à verdade acima de tudo.

PIRATAS

Os primeiros séculos que se seguiram ao Descobrimento do Brasil foram tempos de agitação, de temores e de luta. Nem mesmo ao colonizador europeu bem-intencionado foi permitido construir em paz o seu lar na nova terra. Constantemente surgiam navios piratas em vários pontos do litoral brasileiro: franceses, espanhóis, holandeses, ingleses, todos os tipos de aventureiros, constituindo verdadeiro flagelo para os pacatos habitantes do país nascente. Conquanto o colonizador branco nem sempre fosse, como possa parecer, combatido e exterminado em todos os lugares, todavia, não raro era miseravelmente espoliado por elementos de sua própria raça.

Por sua vez, outros aventureiros, que não tinham vindo para cá com o propósito de se apossarem de terras, pensavam e esperavam que o ouro estivesse aqui solto pelas estradas, e que seu único trabalho consistiria em apanhá-lo do chão. Como isso não se verificasse, descarregavam sua ira vingando-se cruelmente dos brancos. O Brasil tinha a fama de ser um país privilegiado, do qual se podia obter, com a maior facilidade, ouro em penca e outras vantagens.

A maior parte dos crimes e assaltos de pequena monta, em que o sangue corria sem piedade, não consta sequer da História do Brasil, e nem tem sentido entrarmos em pormenores sobre o assunto, uma vez que os responsáveis por aquelas atrocidades há muito se encontram sob a ação da inflexível *lei da reciprocidade*, colhendo aos poucos os frutos do que semearam, sofrendo o resultado de seu perverso procedimento.

No presente relato é mencionado apenas um dos piratas daqueles tempos, com o propósito de mostrar, de uma maneira objetiva, o cumprimento da grandiosa lei da Criação, lei que representa o próprio fundamento de toda a existência humana, que se resume nestas simples palavras: *"O que semeares, isto também colherás."*

O pirata, ou intruso, que aqui nos serve de exemplo, é o conhecido personagem que aparece na História com o nome de Thomas Cavendish. Esse pirata, com seus cúmplices, atacou muitas localidades do litoral do Brasil, roubando, assassinando e massacrando os indefesos habitantes da costa. Por onde quer que Cavendish passasse com seu perverso bando, ficava uma esteira de sangue e lágrimas.

O castigo, ou melhor falando, a *lei da reciprocidade*, atingiu esse cruel aventureiro durante a última guerra europeia. Cavendish, pois, havia-se encarnado novamente, no começo do século, na Irlanda. E trazia, também, para essa nova encarnação na Terra, poderes para agir na vida marítima.

O Cavendish de outrora conseguiu, assim, na última guerra, chegar ao posto de capitão de um navio mercante. A tripulação toda, sob o seu comando, pertencia ao plano de um destino em tudo semelhante ao dele. Como ele, haviam sido, numa vida anterior, temíveis piratas, que espalhavam sangue e lágrimas por toda parte. Capitão e marinheiros partilhavam, portanto, do mesmo carma.

Certo dia aconteceu de o navio mercante do Cavendish de outrora – chamemos essa embarcação de navio mercante "C" – fazer parte de um vasto comboio, que se dirigia para o Atlântico Sul. Durante uma noite esse comboio foi atacado por submarinos, e os navios procuraram dispersar-se em todas as direções. O navio mercante C foi de tal modo atingido por um torpedo, que se tornava inútil qualquer tentativa de fuga. O navio foi envolto pelas chamas, não havendo possibilidade de extingui-las. Formou-se então entre os tripulantes uma luta feroz pela posse dos escaleres. Na violência do pânico eles feriram-se mutuamente de tal modo, que já não havia mais possibilidade de salvação. E os poucos que se atiraram ao mar, na esperança de escaparem com vida, foram imediatamente devorados por tubarões. O próprio capitão ficou largado no convés, gravemente ferido. Como ninguém viesse socorrê-lo, e estando impossibilitado de se mover, teve de assistir como o fogo lentamente se aproximava, começando a atingir o seu próprio corpo. Demorou muito até que, sob dores cruciantes, perdesse os sentidos. Destino igual teve a parte da tripulação que se encontrava ferida e imobilizada no convés, ou que ficara impossibilitada de se movimentar emaranhada no desabamento da estrutura do navio. Cumprira-se o destino dos antigos piratas.

Não há palavras que possam descrever as longas horas de agonia que aqueles homens tiveram de suportar, antes de morrer. Um único homem da tripulação se salvou: o cozinheiro. Este, recolhido na manhã seguinte por um contratorpedeiro, foi encontrado sem sentidos, boiando sobre uma prancha do navio torpedeado.

Outros navios do mesmo comboio foram também atingidos, dos quais dois foram imediatamente postos a pique. Os que restaram conseguiram ainda, com as próprias forças, atingir a tempo um porto de salvamento.

No tocante ao navio C pode-se ver, claramente, que a tripulação que se encontrava de serviço encontrou a paga de seus atos de outra encarnação. Tudo aquilo que hoje acontece para alguém é consequência direta de seu querer, bem como de suas próprias ações. Cada um de nós, hoje, está passando pelos efeitos do Juízo Final. Se muitos acreditam ou deixam de acreditar nisso, não tem a menor importância. Ninguém conseguirá esquivar-se da justiça de Deus.

*Os textos que se seguem
foram escritos ou atualizados
a partir de 1990*

DOENÇAS DA ALMA

Que são doenças da alma?

Uma grande parte da humanidade sofre hoje de doenças da alma, as quais, de modo sutil, se manifestam dolorosamente no corpo terreno. Essas pessoas nada sabem das doenças que aderem às suas almas, afligindo-as gravemente. Na Terra, elas apenas sentem os efeitos de suas almas pesadamente carregadas. Como, por exemplo, toda sorte de depressões, manias de perseguição, medo de doenças e medo da morte. Advêm ainda medos que somente as próprias pessoas podem definir. Hoje, os múltiplos males ânimicos não constituem nada de extraordinário. Doenças corpóreas podem ser curadas em parte. Existem hoje bons médicos e medicamentos eficientes.

Os neurologistas ou psiquiatras são os especialistas em doenças da alma. Estes, aliás, pouco podem fazer, uma vez que ignoram o que devem entender por "alma".

A maioria dos seres humanos de hoje se encontra em má situação. Pois não sabem que o ser humano se compõe de espírito, de um corpo auxiliar de matéria fina, chamado alma, e do corpo terreno de matéria grosseira.

Grande parte dos médicos ocupa-se apenas com os sintomas do corpo terreno, sem saber o que se esconde atrás de tudo isso. O que morre é apenas o corpo terreno. A alma continua sempre a mesma, com todos os seus males. Pode-se imaginar quanto se acumulou nas almas durante suas múltiplas encarnações.

Muitos germes de doenças, com toda sorte de denominações, aguardam, bem protegidos nas almas, o momento de poderem entrar em atividade no corpo de matéria grosseira. Trata-se quase sempre de doenças incuráveis. Nenhum médico sabe quão maldoso é, geralmente, o ser humano que se encontra à sua frente, exigindo alívio para seu sofrimento.

Nestas linhas será descrito o caso de um homem, de nome Milton, que sempre duvidou que houvesse uma continuação da vida depois da morte. No entanto, chegou o dia em que Milton morreu. Demorou vários dias até que isso pudesse ocorrer. A agonia foi muito prolongada, pois Milton soube de repente (já estava semimorto) que de fato havia uma continuação da vida depois da morte. As dúvidas dele originaram-se mais do medo por ter feito muitas coisas erradas. Finalmente ocorreu a morte, e Milton pôde ser colocado no caixão. O grande recinto onde o caixão se encontrava estava cheio de parentes e conhecidos, pois Milton era rico e bem-conceituado. Ocupava também uma posição importante no governo.

Milton, em seu corpo de matéria mais fina, achava-se algo confuso, no meio de tantas flores e coroas, dispostas por toda parte no recinto. Depois de algum tempo encostou-se ao lado de seu caixão. Havia tantas coroas, que mal se via o caixão.

Ele ainda pôde ver e ouvir, de modo confuso, seus parentes e conhecidos. Muito cansado, subiu numa cadeira, que se encontrava ao lado, e sentou-se no caixão. O féretro se pôs em movimento, e com o badalar de sinos e cantos religiosos, ele adormeceu. Não mais percebeu quando o caixão foi empurrado para dentro do pomposo mausoléu da família.

Muitas pessoas deixam-se cremar, o que, no entanto, é mais dolorido, somente isso. Com o sepultamento ou com a cremação decompõe-se também o invólucro que envolvia o corpo terreno. Esse invólucro é chamado, geralmente, de corpo astral.

De repente, ele se encontrava totalmente sozinho. Aborrecido e desesperado teve de constatar que havia mesmo uma continuação da vida após a morte terrena. Sentou-se no chão, encostando-se na parede de alguma sepultura circundada por um muro de cimento. Sentia-se cansado e adormeceu.

Acordando depois de longo tempo, não se lembrava de nada. Queria levantar-se, contudo pôde erguer-se penosamente somente na terceira tentativa. Olhando em redor para ver onde se encontrava realmente, via por toda parte montinhos de terra, ruínas de pequenas construções e figuras quebradas de anjos.

O caminhar tornou-se difícil para ele, pois seus joelhos estavam arroxeados e muito inchados. Admirou-se por poder vê-los. Logo depois se acomodou junto ao muro de cimento. Novo desespero abateu-se sobre ele, ao ver suas calças. Estavam rasgadas a um palmo acima dos joelhos e repugnantemente sujas. E como estava sua camisa? Também rasgada, parecendo ter sido branca um dia. Mas agora estava em trapos. Olhou para seus pés. Também estavam inchados e sangravam. Por toda parte via manchas, com feridas purulentas. Suas mãos eram grandes e toscas, parecendo-se com as mãos de um trabalhador braçal, ao passo que seus braços estavam magros, com os ossos aparentes.

Milton já passara por muitas encarnações. Uma vez que nunca se modificara, a aparência de sua alma era, depois de cada morte terrena, pior do que antes. Em muitos lugares se haviam alojado germes de toda sorte de doenças. Em seu pescoço havia uma corrente vermelha. A corrente, porém, era constituída de besouros cravados em sua pele.

Em sua última encarnação ele tivera constantemente, desde pequeno, dores nos ouvidos, garganta e até no nariz. Muitos germes de doenças transmitem-se, naturalmente, também para o corpo terreno de matéria grosseira, de modo que a respectiva pessoa, além de depressões, é frequentemente acometida de doenças graves, tendo de passar por operações e outros males de toda sorte. O que quase o levou ao suicídio, foi a coceira no pescoço. Demorava geralmente apenas poucos dias, não obstante era difícil de suportar. Nenhum dos médicos que procurara pôde explicar-lhe a causa dessa esquisita coceira.

O que Milton fez de mal, durante suas tantas vidas terrenas, para que sua alma fosse tão doente?

Tal como muitos outros que ainda vivem na Terra, Milton tornara-se um ser humano mau e estragado. Era ávido de poder e disposto a todo tipo de ações para conquistá-lo, ações essas sempre ligadas a difamações, assassínios, mentiras e promessas nunca cumpridas.

Os besouros que puderam formar-se com o decorrer do tempo, ele próprio despertou para a vida. Aliás, pelas promessas não cumpridas, com as quais causou muitos danos a tantas pessoas. Milton não imaginava que cada promessa dada e não cumprida se tornaria uma pesada carga do destino para ele, visto que com a quebra da palavra demônios da destruição foram despertados para a vida, atuando de modo destrutivo sobre sua existência.

Depois dessa morte terrena não há mais, para Milton, nenhuma volta à Terra. A gravidade dos males aderidos a seu corpo de matéria fina, sua alma, torna impossível uma volta. Ele afundará profundamente, encontrando uma vida horripilante no meio de sua igual espécie...

Fala-se muito atualmente de doenças da alma, embora pouquíssimas pessoas possam fazer uma ideia disso. Quem ainda hoje pensa que o ser humano se compõe de espírito, alma e corpo de matéria grosseira? Como o ser humano vive na Terra, o que faz, tudo isso fica marcado em sua alma. Pois a alma não morre terrenamente, já que constitui somente um corpo intermediário, pode-se dizer também um corpo auxiliar do espírito humano.

Se a alma de Milton fosse pura e bela, isso evidenciaria que ele vivera de modo honesto na Terra, que não ferira ninguém e, antes de tudo, que havia evitado qualquer mentira. Pois a mentira equivale à quebra da palavra empenhada.

Quem, como Milton, possuir uma alma sobrecarregada, jamais levará uma vida contente e feliz na Terra, por mais rico que seja. Quem ganha com isso são os psiquiatras e também outros médicos... Não existe um medicamento que os possa curar dos tantos medos, nem que seja apenas por horas ou dias.

Existe hoje um número incontável de viciados, que recorrem a entorpecentes a fim de se livrarem de seus medos. Medos que provam, aliás, sem exceção, a doença de suas almas. Também não adianta recitar mecanicamente orações, pois a verdadeira oração não necessita de palavras. A verdadeira oração flui, através da intuição do espírito e da alma, como uma jubilosa oração de agradecimento ao Criador do Universo, que lhe concedeu a vida.

Finalizando, todas as doenças anímicas, inclusive todas as neuroses, medos, etc. ... provêm de almas impuras, sobrepujadas pelo carma e seus efeitos dolorosos, que atingem os corpos terrenos, aos quais, pois, estão firmemente ligadas até a morte terrena.

A intuição! Ela é a manifestação do espírito, bem como da alma, que em sua espécie de matéria fina faz a ponte entre o espírito e o corpo de matéria grosseira. Atualmente a intuição está desligada devido à impureza das almas humanas. Hoje governa apenas o raciocínio – denominado "mente" – de modo que o ser humano atual tornou-se uma feia e miserável figura que, devido à própria culpa, não mais possui uma ligação com seu espírito, sendo escravo do próprio raciocínio.

NÃO VOLTARAM!

Faz alguns anos que um avião, totalmente lotado, bateu contra um morro no Estado do Ceará. O choque foi tão violento, que todas as pessoas que se encontravam a bordo tiveram morte instantânea.

Nesse acidente sucumbiram também duas pessoas minhas conhecidas. Esse caso me fez refletir de modo especial, visto tratar-se de seres humanos realmente bons. Era o pai com seu filho adulto.

Já que estou convicta da justiça na Criação, sei também que a morte violenta de ambos constituiu um efeito cármico de tempos passados.

Deve-se pensar somente nas guerras com seus atos impiedosos de violência, realizados por povos ainda relativamente pequenos, nos tempos primitivos. As armas e demais meios de outrora eram, naturalmente, ainda muito primitivos comparados com as conquistas técnicas de hoje. No entanto, já naquele tempo havia instrumentos mortíferos bem concebidos, com os quais atacavam os adversários, matando-os da maneira mais cruel.

Qualquer homicídio ou assassínio, por sua vez, tem de ser resgatado por um ato de violência. O remate tem de se realizar; contudo, seu efeito pode ocorrer de forma mais branda, se o respectivo causador tiver o seu íntimo melhorado nesse ínterim. Assim pode acontecer que o causador seja atingido de forma mais leve pelo remate, isto é, pelo efeito recíproco. É o caso, por exemplo, do remate que atingiu os dois homens. Quando o avião bateu no morro, os dois dormiam profundamente. O acidente ocorreu com tanta rapidez que ambos nada sentiram. Seus corpos terrenos estavam mortos, mas suas almas, que se desprenderam imediatamente dos corpos mortos, como, aliás, acontece em todos os casos de falecimento, naturalmente estavam acordadas, encontrando-se no mesmo momento no mundo astral; aquele mundo que, invisível para os seres humanos, circunda a Terra.

É uma espécie de estação de passagem, pois de lá as almas são conduzidas por guias espirituais e enteais, destinados a isso, para outras regiões. Infelizmente, já há muito tempo a maioria dos seres humanos morre tão carregada de carmas, e num tal estado anímico, que somente pode ser levada para os mundos correspondentes ao seu estado anímico, o qual não podia ser pior.

Agora a pergunta: que crime cometeram os dois homens (que até aquele momento tinham vivido como pai e filho, isto é, em contato íntimo) numa vida anterior na Terra, para que um efeito retroativo tão grave os atingisse?

Ambos foram gregos, aliás, irmãos. Lutaram sob o comando de Agamenon contra Troia, a fim de conquistar e destruir a cidade onde Príamo era rei. Ambos os irmãos seguiram voluntariamente para a luta. E quando os gregos, mediante um ardil, finalmente puderam penetrar na cidade, os dois, tal como os demais guerreiros, batiam com seus pesados porretes nos troianos, que nada lhes haviam feito de mal. Portanto, participaram de uma luta de agressão que apenas lhes rendeu um pesado carma. Seria diferente, se tivessem participado de uma luta de defesa. Essa ignóbil luta, à qual ninguém os havia obrigado, ocorreu há cerca de três mil anos.

Desde então, ambos já estiveram várias vezes encarnados na Terra. Esta vida terrena, de qualquer forma, teria sido a sua última.

Antes de Schliemann ter descoberto Troia, pouquíssimas pessoas acreditavam que houvesse um país ou uma cidade de nome "Troia"*.

Os leitores destas palavras, naturalmente, ainda não estão satisfeitos. Querem saber agora, também, o que modificou os dois homens a tal modo, que nada sentiram do choque do avião.

Os dois homens que viviam na Terra, desta vez como pai e filho, não tinham alegria e estavam

---

* No livro de C. W. Ceram, "Deuses, Túmulos e Sábios" está descrita com exatidão a gloriosa descoberta de Troia.

frequentemente tristes, principalmente o pai. Quando este tomava conhecimento de acidentes de avião, de ônibus ou qualquer outro, onde pessoas morriam ou ficavam mutiladas, ele tinha sentimentos de medo que não podia explicar. E seu filho adulto falava de injustiça, perguntando a si mesmo por que o Criador, que havia criado o ser humano, permitia, além do mais, tanto sofrimento entre a humanidade!

Seu pai proibia-o de falar dessa forma, dizendo que deveria haver uma causa. Ele não podia acreditar em injustiça. Seria um contrassenso até. Depois perguntava ao jovem se acreditava que Deus havia enviado Seu Filho, Jesus, à Terra, para que os seres humanos o crucificassem!

"Naturalmente que jamais admiti uma coisa dessas. Algo na tradição não deve estar certo…"

O pai, que se chamava Sérgio, admitiu que as diferentes condições de vida reinantes entre os seres humanos já o haviam feito refletir muito e disse:

"Quero procurar! Talvez encontre esclarecimento em algum lugar!"

A primeira coisa que perguntou a um amigo, que era espírita, foi se teria algo para ler sobre essa crença. O amigo deu-lhe alguns livros, levando-o consigo a diversas sessões espíritas. Sérgio leu os livros e frequentou ainda algumas sessões. Aprendeu também algo importante, porém suas depressões não queriam ceder. O filho o acompanhou apenas duas vezes. Queixou-se, junto ao pai, que desde a última sessão espírita alguém o seguia constantemente. No entanto, quando se virava rapidamente, não via ninguém. E não vendo ninguém, chegou à conclusão de que deveria ser um espírito.

A mulher de Sérgio, mãe de seu filho, aborrecia-se, exigindo que o marido procurasse um médico especialista em nervos... Além disso, ele ainda estragaria o filho com suas infundadas explicações de que deveria haver uma causa para tantas injustiças na Terra...

Para acalmar a esposa, Sérgio procurou um médico. Lá teve de esperar um pouco, pois o médico ainda não havia chegado. Nesse ínterim, conversou com um moço que estava ali somente para pegar uma nova receita para a mãe. Chegando o médico, o moço deixou de lado o livro que estava lendo. O médico já sabia que a mãe de Carlos, assim era o nome do jovem, precisava de uma nova receita, pois ela lhe havia telefonado antes.

Sérgio pegou o livro, provavelmente por enfado, pois teria de aguardar mais tempo. De repente, tornou-se consciente de que tinha nas mãos um livro todo especial.

Começou a ler, exatamente na página aberta do livro ao seu lado. Lendo apenas poucas palavras no meio de um parágrafo, perpassou-lhe, como um relâmpago, o reconhecimento de que, a não ser que se enganasse, acabara de encontrar o que sempre havia procurado.

As palavras que ele leu foram as seguintes:

"Sua crença aparentemente humilde nada mais é senão vaidade e ilimitado orgulho, ao suporem que um Filho de Deus desça a fim de lhes preparar servilmente o caminho, no qual então poderão trotar como broncos, diretamente para o reino do céu".

Mal pôde ler e anotar o título e o autor do livro: "Na Luz da Verdade – Abdruschin", e o moço voltou para apanhar o livro, saindo em seguida.

Sérgio havia pago a consulta, mas não se consultou. Estava demorando demais, e então mandou dizer ao médico que voltaria noutro dia.

Ele procurou e encontrou os escritos de Abdruschin. Aprofundando-se neles, suas dúvidas e depressões desapareceram. Desde então Sérgio e o filho passaram a ter uma vida feliz, embora o pai continuasse com o sentimento intuitivo de ter feito algum mal numa vida anterior. Contudo, através do saber que adquiriu com os livros de Abdruschin, sabia que teria de contar com um efeito retroativo correspondente. Pois "O que o ser humano semeia, ele colherá" não é uma simples frase vazia. No entanto, seja o que for que viesse a seu encontro, a justiça sempre seria determinante! Era essa a sua convicção, que ninguém poderia tirar.

Duas perguntas ainda continuam sem resposta. Como fica em relação às mulheres que estavam no acidente? É difícil admitir que tenham cometido atos de violência. E as crianças?

Em todos os tempos houve mulheres, que, embora não pegassem propriamente em armas, instigaram frequentemente os homens, tão somente por cobiça, aos piores atos criminosos e às guerras de conquista...

Tais mulheres, ou, dizendo melhor, tais megeras, estavam espalhadas por toda parte, visto que atrás delas sempre se encontravam os sacerdotes de ídolos, que antigamente gozavam de um elevado conceito junto a todas as mulheres. Quando Jesus foi condenado à morte, foram as mulheres que mais alto gritaram: "Crucificai-o!"

Na época de hoje, época do Juízo, as mulheres muito terão de remir, mas será feita justiça também para elas.

E no que se refere a crianças, devemos, antes de tudo, considerar que elas não sentem tanto os sofrimentos corpóreos como acontece com os adultos. Também o calor e o frio as afetam muito menos. Quando existe a iminência de um perigo grave (como no caso de um desastre aéreo) algumas crianças caem em sono profundo, provocado por seus guardiões, chamados comumente anjos da guarda.

Espero que um e outro leitor deste breve relato reflitam bem sobre as palavras: "O que semeamos, temos de colher." Pois se trata de uma lei da natureza, da qual ser humano algum pode esquivar-se.

QUEM PROTEGEU AS CRIANÇAS?

Narraremos aqui um grave acidente ocorrido não faz muito tempo.

Certo dia, Maria Célia viajava com seu carro, de Pelotas para o município de Cachoeira do Sul, seguindo pela rodovia BR-153.

No automóvel estavam seus filhos Alberto, de quatro anos, e Antônio, de nove.

Maria Célia, dirigindo com bastante velocidade, infelizmente não sabia que se aproximava do ponto derradeiro de seu destino na Terra. Quero logo citar alguns dos prováveis comentários surgidos entre parentes e conhecidos. Seriam mais ou menos assim:

"Se ela tivesse obedecido sua mãe…", "Já há tempo Célia deveria estar de volta…", "Já está tão escuro e nenhum sinal dela ainda…", "Desde que ela começou a guiar automóvel não para mais…"

Nesse ínterim, na estrada, no lado oposto do local marcado pelo destino, chegaram quatro meninos que pareciam esperar por algo. Davam uma impressão esquisita, embora fossem de boa aparência e estivessem bem vestidos. Não só estavam bem vestidos, como também todos usavam o mesmo tipo de roupa.

Vistos de perto, os quatro trajavam roupas justas, avermelhadas, que podiam ser chamadas de "macacões". Por cima dessa roupa – aliás, nunca vi na Terra um vermelho igual – usavam uma túnica, sem mangas, que descia quase até os joelhos. A túnica parecia ser feita de malha. O que chamava a atenção era que todas as túnicas eram bordadas com pequenos animais. Na cabeça usavam gorros compridos. Cintos largos, de um material que não pude reconhecer, cingiam suas cinturas finas, fechando numa fivela que cintilava como diamante. Nos largos cintos pendiam os mais variados objetos, que eu não conhecia, já que nunca os havia visto. A primeira coisa que vi foi um recipiente que reluzia como prata, semelhante a um pepino fino e comprido. Além de várias cestinhas e saquinhos, pendiam no cinto ainda outros objetos. Cada um dos quatro tinha ainda, pendurada no pescoço por uma corrente, uma pequena corneta de metal. As cornetinhas chegavam até a metade do peito. Também tinham cornetas maiores, bem como várias flautas, presas com grampos nos largos cintos.

Eu me interessei sobremaneira pelos singulares meninos. Aproximei-me deles corajosamente e então vi que não eram seres humanos, mas sim que pertenciam ao povo enteal. Os rostos eram bonitos, de um castanho-avermelhado. Em seus olhos logo reconheci sua origem. Os olhos dos enteais são mais redondos do que ovais. Independentemente da cor que possuam, sempre se tem a impressão de estarem envoltos por um brilho azul-violeta. Os quatro me olharam com um brilho de alegria, como se já nos conhecêssemos havia muito. Ao contemplar seus olhos, notei que não eram mais tão jovens quanto inicialmente pensei. Seus rostos, naturalmente, não tinham barba e nenhum deles possuía nariz grosso e feições feias, como os seres humanos os representam. Visto que não sei qual o trabalho atribuído a eles, chamo-os de anões.

Ao mesmo tempo comecei a falar com eles. Contudo, pareciam não entender, pois permaneciam mudos. De repente, lembrei-me de que já havia conversado muitas vezes com enteais. Aliás, por intermédio da linguagem de pensamentos. Perguntei, então, o mais nítido possível, o que eles estavam aguardando. Logo responderam, em pensamentos, que estavam aguardando crianças num automóvel, que cairia ribanceira abaixo. E aí indicaram para o outro lado da estrada. Eles pulavam em volta de mim, alegres por eu os ter entendido.

De repente, desapareceram. Olhei para todos os lados, mas não se via nenhuma das brilhantes e alegres criaturas.

"Devo ter tido uma alucinação", pensei...

Não cheguei mais adiante com meus pensamentos, pois imediatamente se aproximou um automóvel em alta velocidade. Era um Passat. Isso ainda consegui reconhecer. Mas algo deve ter turvado a visão da mulher, pois ela saiu da estrada, caindo no barranco. Apesar dos muitos arbustos, o carro continuou rolando para baixo, de modo que não mais o vi. Os arbustos retornaram à sua posição, e eu tive dificuldades para encontrar o carro, quando desci, mais deslizando do que caminhando.

Finalmente o encontrei. A porta do lado esquerdo estava aberta, e a mulher (era uma mulher jovem) estava estendida fora do automóvel, enquanto seus pés estavam presos em algo dentro do carro. Parecia que o automóvel tinha capotado várias vezes. As crianças estavam sentadas no piso do carro, diante do banco traseiro, chorando. Tanto quanto pude ver, elas estavam pouco feridas. Mas não podiam sair do automóvel, que tinha apenas duas portas e estava preso no matagal.

De repente, os anões estavam de volta. Chamei-os então de Toc-Tocs, já que eles, na realidade, nada tinham em comum com os anões que eu conhecia.

Os Toc-Tocs olharam rapidamente para a mulher, puxaram-na para fora do carro e deitaram-na no capim ao lado. Depois começaram a tocar baixinho as suas cornetas pequenas, procurando as crianças. Os quatro esforçaram-se em colocar o carro numa posição mais adequada, e logo depois já estavam dentro do automóvel, levantando as crianças do piso e acomodando-as melhor. Então utilizaram as almofadas e capas espalhadas por toda parte. Quando as crianças estavam confortavelmente deitadas no banco traseiro, os Toc-Tocs tiraram um dos "pepinos" menores de seus cintos, dando de beber às crianças o líquido contido em seu interior. Era um soporífero e ao mesmo tempo possuía componentes nutritivos. Dois deles tocavam melodias para dormir, com suas flautas. De início as crianças se recusaram a beber. Mas os auxiliadores enteais logo conseguiram que elas não só aceitassem a bebida nutritiva, mas que também adormecessem em seguida.

Enquanto as crianças dormiam, os quatro cuidavam da mulher. Ela ainda não estava morta. Contudo, demoraria bem pouco tempo para seu espírito separar-se do corpo terreno.

A cada dia, um dos quatro subia até a estrada, a fim de encontrar alguém que pudesse trazer socorro aos acidentados. Parecia tratar-se de uma estrada com pouco movimento… E essas sentinelas revezavam-se dia e noite…

Para alegria dos quatro salvadores, as crianças dormiram muito tempo. De repente, Alberto, o mais novo, começou a chorar, e então Antônio se pôs a gritar. Eles queriam a mãe…

Um dos salvadores acendeu logo depois uma pequena e insignificante vela, que também pendia no seu cinto. A vela começou, bem lentamente, a luzir em vermelho. As crianças acalmaram-se, pois o fulgor tornava-se cada vez mais intenso. Nesse ínterim, dois dos Toc-Tocs ligavam pequenas mangueirinhas nos "pepinos" maiores, bombeando o líquido vivificador para as crianças, que quase inconscientes engoliam o líquido, enquanto um outro Toc-Toc tocava uma linda música com a flauta.

Quando as crianças haviam bebido o suficiente, percebia-se que aos poucos iam ficando novamente sonolentas. Alberto, porém, que cansado já se havia deitado, sentou-se novamente, rindo, enquanto indicava com seus bracinhos os muitos e pequenos animais bordados nas túnicas dos salvadores, que repentinamente pareciam mexer-se. As crianças tentavam apanhá-los. Os salvadores deram-lhes dois coelhinhos de pelúcia, colocando-as novamente direitinho sobre suas capas e almofadas, quando então adormeceram.

Os quatro cobriram a seguir a jovem mulher, que morrera depois de poucos minutos. Escutei quando um disse ao outro, em pensamentos, que o cérebro fora prensado tão fortemente, que não havia mais uma volta para a vida terrena. Quando a mulher estava totalmente coberta por galhos e folhagens, dei a entender aos quatro que agora eu vigiaria em cima, na estrada. Eles apenas deveriam cuidar bem das crianças.

Quando as crianças estavam dormindo novamente, os quatro pequenos salvadores examinaram os ferimentos e escoriações nos corpos infantis. Por sorte não eram perigosos.

Passaram-se nesse meio-tempo dois dias e meio. Os quatro salvadores enteais só tinham um desejo: manter as forças das crianças até que chegasse socorro humano. O desejo deles realizou-se mais rapidamente do que esperavam.

Um menino, de mais ou menos doze anos de idade, caminhava pela estrada justamente quando Alberto começou novamente a chorar. Levei-o até embaixo, mostrando-lhe o automóvel acidentado. Ele não podia ver os quatro salvadores, uma vez que pertencia à Terra de matéria grosseira. Quando lhe mostrei a mulher morta, ele saiu correndo e prometeu buscar socorro imediatamente.

Mal se passou uma hora, uma ambulância e outros automóveis chegaram. O médico, ao receber as crianças, admirou-se muito que elas se encontrassem em tão boas condições, embora tivessem passado dois dias e meio sem alimentação e sem água. E elas ainda gritavam pelos seus coelhinhos. O médico pensou que se tratasse de coelhinhos vivos, mas não se via nenhum deles. As crianças choraram durante quase toda a viagem até o hospital, por causa de seus coelhinhos. Aparentemente se haviam esquecido da mãe. Os parentes e conhecidos nada sabiam a respeito de coelhinhos, que, além disso, ainda tinham um brilho vermelho. Depois de dois dias, as duas crianças receberam alta a fim de seguir com seus parentes para casa.

Como sempre acontece por ocasião de acidentes e salvamentos extraordinários, dizia-se logo às crianças que um anjo da guarda as havia salvado, do contrário teriam morrido de fome. Antônio, o mais velho, e também Alberto, nada queriam saber a respeito de um anjo da guarda.

— Pois quem é que salvou vocês, se não um anjo da guarda?

Os dois ficaram calados. Alberto gostaria de contar tudo, mas Antônio fez com que ele jurasse solenemente no hospital, num momento em que ninguém se encontrava junto deles, que não falaria nada a respeito dos pequenos salvadores, nem dos muitos animaizinhos, da luz vermelha, da boa água bem como do doce mingauzinho. Demorou um bom tempo até que Alberto concordasse, jurando então.

— Alberto, você sabe o que acontece quando alguém não sustenta sua palavra, esquecendo o juramento!

Alberto acenou cabisbaixo. Depois disse que poderiam fazer uma união fraternal sanguínea, assim Antônio saberia que ele jamais quebraria sua palavra ou seu juramento.

— Nós dois não precisamos dessas coisas! Elas servem apenas para os fracos!

Isso convinha bem a Alberto, que tinha um pouco de medo de cortar a pele para que saísse uma gota de sangue. Por isso ergueu-se na cama e disse:

— Somos fortes!

Nesse momento entrou outro médico, que também queria ver as crianças.

— Vocês dão a impressão de terem comido muito bem! disse.

Nenhuma das crianças respondeu, e deixaram-se examinar pacientemente por esse médico desconhecido.

Falemos agora do anjo da guarda, a quem os seres humanos se referem quando uma criança é salva de maneira extraordinária. Conforme se sabe, uma moça viu, certa vez, um anjo. Foi Maria de Nazaré, quando recebeu a anunciação a respeito de Jesus.

Ela havia visto a imagem de um anjo, falando para o seu espírito!

Isso foi um caso único. Ela, de fato, teve uma visão, mas não viu o próprio anjo. É uma grande diferença. Que anjos possam descer do reino do céu, situado tão longe, é totalmente impossível segundo as leis da Criação. Nenhum ser humano pode imaginar quão infinitamente distantes nos encontramos do Paraíso. E os anjos nem vivem no Paraíso, pois sua pátria encontra-se ainda mais distante, muito acima do Paraíso dos seres humanos.

Verdade é que no decorrer do tempo ocorreram salvamentos de crianças que pareceram verdadeiros milagres. E isso em toda a Terra. Contudo, trata-se sempre de crianças boas. Isto é, crianças cujas almas ainda não estão pesadamente carregadas em consequência de vidas terrenas anteriores. E dessas, hoje, existem muito poucas.

No caso presente, as crianças foram salvas por quatro anões – chamemo-los de anões, já que os seres humanos, hoje, nada mais sabem do grande povo enteal, que construiu a Terra e todos os astros. Os quatro assim denominados anões pertencem, na realidade, à equipe de salvamento que ajuda crianças que ainda merecem. Esses quatro fizeram tudo para conservar o bom ânimo das crianças e também para alimentá-las bem.

Esses anões, também chamados Toc-Tocs, carregavam pendurado no seu largo cinto, fechado por uma fivela forte, tudo quanto era necessário para um salvamento. Não tinham mais do que um metro de altura e seus rostos eram bonitos e uniformes. Seus olhos eram tão singularmente belos, que se torna difícil descrevê-los. Desses olhos sempre brilha a alegria. A alegria é o seu agradecimento por lhes ser permitido viver e trabalhar na maravilhosa Criação...

Concluindo, seja dito ainda que os quatro, utilizando-se da força da Terra à disposição deles em tais casos, tudo fizeram para colocar o automóvel destroçado numa posição melhor, pois ele estava inclinado. Tinham de conseguir uma pequena área, mais ou menos horizontal, para que as crianças pudessem ficar deitadas comodamente.

Os quatro salvadores vivem junto com outros enteais das mais variadas espécies[*], na segunda e terceira camadas da matéria grosseira, ao passo que nós, seres humanos, vivemos na primeira e mais grosseira camada da matéria.

Desejo de todo o coração que ainda existam alguns seres humanos não pertencentes ao grupo daqueles que fizeram da Terra um vale de lágrimas.

A descrição dessa extraordinária e verdadeira ocorrência foi-me possível porque assisti a tudo isso na matéria mais fina. Alterei apenas os nomes.

---

[*] O leitor encontrará maiores explicações sobre os guardiões das crianças e outros enteais em *"O Livro do Juízo Final"*, da mesma autora.

"AFASTADO DA LUZ, COM OS OLHOS VENDADOS AO AMOR DO CRIADOR QUE O ENVOLVE, O SER HUMANO CAMINHA, SEM PERCEBER OS AUXÍLIOS QUE LHE SÃO OFERTADOS NO PERCURSO DE SUA EXISTÊNCIA!"

ÍNDICE

Prefácio 9
Minha alma te procura, minha alma te chama! 11
Revivendo o passado 24
À sombra de uma capelinha 32
Por que existem tantas "injustiças" entre os seres humanos? 39
Uma vivência inesquecível 45
O destino é determinado pelas leis da Criação 55
A magia dos brancos 59
O sexto sentido 66
Carma 73
Por que mentir? 77
O pavor da morte 81
Sorte 85
Um velho caboclo 89
O passado reflete-se no presente 94
Saber é poder 107
Autores e redatores 111

O ser humano e o vício de fumar 114

Auxílios que o ser humano de hoje não
conhece mais. 120

"A natureza, em sua perfeição consentânea com as
leis da Criação, é a mais bela dádiva que Deus deu
às Suas criaturas!". 125

Existem muitas coisas entre o céu e a terra. 129

Destinos humanos no decorrer do tempo 138

Na vida atual se refletem as encarnações anteriores. . . 145
    João. *145*
    Pedro. *155*
    Sílvia. *164*
    José. *171*
    Alberto. *185*
    Mário. *206*
    Maria. *216*
    Alfredo. *221*

Quem foi o ditador Pablo em eras passadas? 242

Ethel e Julius Rosenberg. 246

Por que o medo da verdade?. 252

Piratas 256

Doenças da alma. 261

Não voltaram!. 268

Quem protegeu as crianças? 276

AO LEITOR

A Ordem do Graal na Terra é uma entidade criada com a finalidade de difusão, estudo e prática dos elevados princípios da Mensagem do Graal de Abdruschin "NA LUZ DA VERDADE", e congrega aquelas pessoas que se interessam pelo conteúdo das obras que edita. Não se trata, portanto, de uma simples editora de livros.

Se o leitor desejar uma maior aproximação com aqueles que já pertencem à Ordem do Graal na Terra, em vários pontos do Brasil, poderá dirigir-se aos seguintes endereços:

Por e-mail: graal@graal.org.br

Por carta:
ORDEM DO GRAAL NA TERRA
Rua Sete de Setembro, 29.200 – CEP 06845-000
Embu das Artes – SP – BRASIL
Tel/Fax: (11) 4781-0006

Pessoalmente:
Av. São Luiz, 192 – Loja 14 – Galeria Louvre
Consolação – São Paulo – SP
Tel.: (11) 3259-7646

Internet:
www.graal.org.br

NA LUZ DA VERDADE
Mensagem do Graal de Abdruschin

Obra editada em três volumes, contém esclarecimentos a respeito da existência do ser humano, mostrando qual o caminho que deve percorrer a fim de encontrar a razão de ser de sua existência e desenvolver todas as suas capacitações.

Seguem-se alguns assuntos contidos nesta obra: O reconhecimento de Deus • O mistério do nascimento • Intuição • A criança • Sexo • Natal • A imaculada concepção e o nascimento do Filho de Deus • Bens terrenos • Espiritismo • O matrimônio • Astrologia • A morte • Aprendizado do ocultismo, alimentação de carne ou alimentação vegetal • Deuses, Olimpo, Valhala • Milagres • O Santo Graal.

OS DEZ MANDAMENTOS E O PAI NOSSO
Explicados por Abdruschin

Amplo e revelador! Este livro apresenta uma análise profunda dos Mandamentos recebidos por Moisés, mostrando sua verdadeira essência e esclarecendo seus valores perenes.

Ainda neste livro compreende-se toda a grandeza de "O Pai Nosso", legado de Jesus à humanidade. Com os esclarecimentos de Abdruschin, esta oração tão conhecida pode de novo ser sentida plenamente pelos seres humanos.

ISBN 978-85-7279-058-1 • 80 p.
– Também em edição de bolso

RESPOSTAS A PERGUNTAS
de Abdruschin

Coletânea de perguntas respondidas por Abdruschin no período de 1924-1937, que esclarecem questões enigmáticas da atualidade: Doações por vaidade • Responsabilidade dos juízes • Frequência às igrejas • Existe uma "providência"? • Que é Verdade? • Morte natural e morte violenta • Milagres de Jesus • Pesquisa do câncer • Ressurreição em carne é possível? • Complexos de inferioridade • Olhos de raios X.

ISBN 85-7279-024-1 • 174 p.

ALICERCES DE VIDA
de Abdruschim

"Alicerces de Vida" reúne pensamentos extraídos da obra "Na Luz da Verdade", de Abdruschin. O significado da existência é tema que permeia a obra. Esta edição traz a seleção de diversos trechos significativos, reflexões filosóficas apresentando fundamentos interessantes sobre as buscas do ser humano.

Edição de bolso • ISBN 85-7279-086-1 • 192 p.

Obras de Roselis von Sass, editadas pela ORDEM DO GRAAL NA TERRA

A GRANDE PIRÂMIDE REVELA SEU SEGREDO

Revelações surpreendentes sobre o significado dessa Pirâmide, única no gênero. O sarcófago aberto, o construtor da Pirâmide, os sábios da Caldeia, os 40 anos levados na construção, os papiros perdidos, a Esfinge e muito mais... são encontrados em "A Grande Pirâmide Revela seu Segredo".

Uma narrativa cativante que transporta o leitor para uma época longínqua em que predominavam o amor puro, a sabedoria e a alegria.

ISBN 85-7279-044-6 • 368 p.

A VERDADE SOBRE OS INCAS

O povo do Sol, do ouro e de surpreendentes obras de arte e arquitetura. Como puderam construir incríveis estradas e mesmo cidades em regiões tão inacessíveis?

Um maravilhoso reino que se estendia da Colômbia ao Chile.

Roselis von Sass revela os detalhes da invasão espanhola e da construção de Machu Picchu, os amplos conhecimentos médicos, os mandamentos de vida dos Incas e muito mais.

ISBN 978-85-7279-053-6 • 288 p.

O LIVRO DO JUÍZO FINAL

Uma verdadeira enciclopédia do espírito, onde o leitor encontrará um mundo repleto de novos conhecimentos. Profecias, o enigma das doenças e dos sofrimentos, a morte terrena e a vida no Além, a 3ª Mensagem de Fátima, os chamados "deuses" da Antiguidade, o Filho do Homem e muito mais...

ISBN 978-85-7279-049-9 • 384 p.

FIOS DO DESTINO DETERMINAM A VIDA HUMANA

Amor, felicidade, inimizades, sofrimentos!... Que mistério fascinante cerca os relacionamentos humanos! Em narrativas surpreendentes a autora mostra como as escolhas presentes são capazes de determinar o futuro. O leitor descobrirá também como novos caminhos podem corrigir falhas do passado, forjando um futuro melhor.

Edição de bolso • ISBN 978-85-7279-092-5 • 304 p.

REVELAÇÕES INÉDITAS DA HISTÓRIA DO BRASIL

Através de um olhar retrospectivo e sensível a autora narra os acontecimentos da época da Independência do Brasil, relatando traços de personalidade e fatos inéditos sobre os principais personagens da nossa História, como a Imperatriz Leopoldina, os irmãos Andradas, Dom Pedro I, Carlota Joaquina, a Marquesa de Santos, Metternich da Áustria e outros...

Descubra ainda a origem dos guaranis e dos tupanos, e os motivos que levaram à escolha de Brasília como capital, ainda antes do Descobrimento do Brasil.

ISBN 978-85-7279-112-0 • 256 p.

ÁFRICA E SEUS MISTÉRIOS

"África para os africanos!" é o que um grupo de pessoas de diversas cores e origens buscava pouco tempo após o Congo Belga deixar de ser colônia. Queriam promover a paz e auxiliar seu próximo.

Um romance emocionante e cheio de ação. Deixe os costumes e tradições africanas invadirem o seu imaginário! Surpreenda-se com a sensibilidade da autora ao retratar a alma africana!

ISBN 85-7279-057-8 • 336 p.

A DESCONHECIDA BABILÔNIA

A desconhecida Babilônia, de um lado tão encantadora, do outro ameaçada pelo culto de Baal.

Entre nesse cenário e aprecie uma das cidades mais significativas da Antiguidade, conhecida por seus Jardins Suspensos, pela Torre de Babel e por um povo ímpar – os sumerianos – fortes no espírito, grandes na cultura.

ISBN 85-7279-063-2 • 304 p.

SABÁ, O PAÍS DAS MIL FRAGRÂNCIAS

Feliz Arábia! Feliz Sabá! Sabá de Biltis, a famosa rainha que desperta o interesse de pesquisadores da atualidade. Sabá dos valiosos papiros com os ensinamentos dos antigos "sábios da Caldeia". Da famosa viagem da rainha de Sabá, em visita ao célebre rei judeu, Salomão.

Em uma narrativa atraente e romanceada, a autora traz de volta os perfumes de Sabá, a terra da mirra, do bálsamo e do incenso, o "país do aroma dourado"!

ISBN 85-7279-066-7 • 416 p.

ATLÂNTIDA. Princípio e Fim da Grande Tragédia

Atlântida, a enorme ilha de incrível beleza e natureza rica, desapareceu da face da Terra em um dia e uma noite...

Roselis von Sass descreve os últimos 50 anos da história desse maravilhoso país, citado por Platão, e as advertências ao povo para que mudassem para outras regiões.

ISBN 978-85-7279-036-9 • 176 p.

O NASCIMENTO DA TERRA

Qual a origem da Terra e como se formou?

Roselis von Sass descreve com sensibilidade e riqueza de detalhes o trabalho minucioso e incansável dos seres da natureza na preparação do planeta para a chegada dos seres humanos.

ISBN 85-7279-047-0 • 176 p.

OS PRIMEIROS SERES HUMANOS

Conheça relatos inéditos sobre os primeiros seres humanos que habitaram a Terra e descubra sua origem.

Uma abordagem interessante sobre como surgiram e como eram os berços da humanidade e a condução das diferentes raças.

Roselis von Sass esclarece enigmas... o homem de Neanderthal, o porquê das Eras Glaciais e muito mais...

ISBN 85-7279-055-1 • 160 p.

TEMPO DE APRENDIZADO

"Tempo de Aprendizado" traz frases e pequenas narrativas sobre a vida, o cotidiano e o poder do ser humano em determinar seu futuro. Fala sobre a relação do ser humano com o mundo que está ao redor, com seus semelhantes e com a natureza. Não há receitas para o bem-viver, mas algumas narrativas interessantes e pinceladas de reflexão que convidam a entrar em um novo tempo. Tempo de Aprendizado.

Capa dura • ISBN 85-7279-085-3 • 112 p.

PROFECIAS E OUTRAS REVELAÇÕES

Esta publicação tem o objetivo de destacar a importância e significado de algumas profecias e outros temas, assim como levar o leitor a reflexões sobre a urgência da época presente e sua atuação como agente transformador. – *Extraído de "O Livro do Juízo Final"*.

Edição de bolso • ISBN 85-7279-088-8 • 176 p.

LEOPOLDINA. Uma vida pela Independência

Pouco se fala nos registros históricos sobre a brilhante atuação da primeira imperatriz brasileira na política do país. Roselis von Sass mostra os fatos que antecederam a Independência e culminaram com a emancipação política do Brasil, sob o olhar abrangente de Leopoldina. – *Extraído do livro "Revelações Inéditas da História do Brasil"*.

Edição de bolso • ISBN- 978-85-7279-111-3 • 144 p.

Obras da Coleção
O MUNDO DO GRAAL

JESUS – O AMOR DE DEUS

Um novo Jesus, desconhecido da humanidade, é desvendado. Sua infância... sua vida marcada por ensinamentos, vivências, sofrimentos... Os caminhos de João Batista também são focados.

"Jesus – o Amor de Deus" – um livro fascinante sobre aquele que veio como Portador da Verdade na Terra!

ISBN 85-7279-064-0 • 400 p.

OS APÓSTOLOS DE JESUS

"Os Apóstolos de Jesus" desvenda a atuação daqueles seres humanos que tiveram o privilégio de conviver com Cristo, dando ao leitor uma imagem inédita e real!

ISBN 85-7279-071-3 • 256 p.

MARIA MADALENA

Maria Madalena é personagem que provoca curiosidade, admiração e polêmica!

Símbolo de liderança feminina, essa mulher de rara beleza foi especialmente tocada pelas palavras de João Batista e partiu, então, em busca de uma vida mais profunda.

Maria Madalena foi testemunha da ressurreição de Cristo, sendo a escolhida para dar a notícia aos apóstolos. – *Extraído do livro "Os Apóstolos de Jesus"*.

Edição de bolso • ISBN 85-7279-084-5 • 160 p.

ÉFESO

A vida na Terra há milhares de anos. A evolução dos seres humanos que sintonizados com as leis da natureza eram donos de uma rara sensibilidade, hoje chamada "sexto sentido".

ISBN 85-7279-006-3 • 232 p.

JESUS – FATOS DESCONHECIDOS

Independentemente de religião ou misticismo, o legado de Jesus chama a atenção de leigos e estudiosos.

"Jesus – Fatos Desconhecidos" traz dois relatos reais de sua vida que resgatam a verdadeira personalidade e atuação do Mestre, desmistificando dogmas e incompreensões nas interpretações criadas por mãos humanas ao longo da História. – *Extraído do livro "Jesus – o Amor de Deus".*

Edição de bolso • ISBN 978-85-7279-089-5 • 194 p.

ASPECTOS DO ANTIGO EGITO

O Egito ressurge diante dos olhos do leitor trazendo de volta nomes que o mundo não esqueceu – Tutancâmon, Ramsés, Moisés, Akhenaton e Nefertiti.

Reviva a história desses grandes personagens, conhecendo suas conquistas, seus sofrimentos e alegrias, na evolução de seus espíritos.

ISBN 85-7279-076-4 • 288 p.

A VIDA DE MOISÉS

A narrativa envolvente traz de volta o caminho percorrido por Moisés desde seu nascimento até o cumprimento de sua missão: libertar o povo israelita da escravidão egípcia e transmitir os Mandamentos de Deus.

Com um novo olhar acompanhe os passos de Moisés em sua busca pela Verdade e liberdade. – *Extraído do livro "Aspectos do Antigo Egito".*

Edição de bolso • ISBN 85-7279-074-8 • 160 p.

BUDDHA

Os grandes ensinamentos de Buddha que ficaram perdidos no tempo...

O livro traz à tona questões fundamentais sobre a existência do ser humano, o porquê dos sofrimentos, e também esclarece o Nirvana e a reencarnação.

ISBN 85-7279-072-1 • 352 p.

LAO-TSE

Conheça a trajetória do grande sábio que marcou uma época toda especial na China.

Acompanhe a sua peregrinação pelo país na busca de constante aprendizado, a vida nos antigos mosteiros do Tibete, e sua consagração como superior dos lamas e guia espiritual de toda a China.

ISBN 85-7279-065-9 • 304 p.

ZOROASTER

A vida empolgante do profeta iraniano, Zoroaster, o preparador do caminho Daquele que viria, e posteriormente Zorotushtra, o conservador do caminho. Neste livro são narrados de maneira especial suas viagens e os meios empregados para tornar seu saber acessível ao povo.

ISBN 85-7279-083-7 • 288 p.

QUEM PROTEGE AS CRIANÇAS?

Texto: Antonio Ricardo Cardoso
Ilustrações: Maria de Fátima Seehagen e Edson J. Gonçalez

Qual o encanto e o mistério que envolve o mundo infantil? Entre versos e ilustrações, o mundo invisível dos guardiões das crianças é revelado, resgatando o conhecimento das antigas tradições que ficaram perdidas no tempo.

Capa dura • ISBN 85-7279-081-0 • 24 p.

REFLEXÕES SOBRE TEMAS BÍBLICOS

de Fernando José Marques

Neste livro, trechos como a missão de Jesus, a virgindade de Maria de Nazaré, Apocalipse, a missão dos Reis Magos, pecados e resgate de culpas são interpretados sob nova dimensão.

Obra singular para os que buscam as conexões perdidas no tempo!

Edição de bolso • ISBN 85-7279-078-0 • 176 p.

JESUS ENSINA AS LEIS DA CRIAÇÃO
de Roberto C. P. Junior

Em "Jesus Ensina as Leis da Criação", Roberto C. P. Junior discorre sobre a abrangência das parábolas de Jesus e das Leis da Criação de forma independente e lógica. Com isso, leva o leitor a uma análise desvinculada de dogmas. O livro destaca passagens históricas, sendo ainda enriquecido por citações de teólogos, cientistas e filósofos.

ISBN 85-7279-087-X • 240 p.

O FILHO DO HOMEM NA TERRA – Profecias sobre sua vinda e missão
de Roberto C. P. Junior

Profecias relacionadas à época do Juízo Final descrevem, com coerência e clareza, a vinda de um emissário de Deus, imbuído da missão de desencadear o Juízo e esclarecer à humanidade, perdida em seus erros, as Leis que governam a Criação.

Por meio de uma pesquisa detalhada, que abrange profecias bíblicas e extrabíblicas, Roberto C. P. Junior aborda fatos relevantes das antigas tradições sobre o Juízo Final e a vinda do Filho do Homem.

Edição de bolso • ISBN 85-7279-094-9 • 288 p.

CASSANDRA. A princesa de Troia

Pouco explorada pela história, a atuação de Cassandra, filha de Príamo e Hécuba, reis de Troia, ganha destaque nesta narrativa. Com suas profecias, a jovem alertava constantemente sobre o trágico destino que se aproximava de Troia.

E, conforme as prédicas de Cassandra, cumpriu-se a catastrófica queda de Troia e de seus heróis.

Edição de bolso • ISBN 978-85-7279-113-7 • 240 p.

ESPIANDO PELA FRESTA

de Sibélia Zanon,
com ilustrações de Maria de Fátima Seehagen

Espiando pela fresta propõe uma reflexão sobre o tipo de influência que exercemos no mundo que nos cerca e sobre a responsabilidade que temos por tantas escolhas. "Tudo o que vibra no interior: os pensamentos em que se investe, a forma como se usa o tempo, as palavras pronunciadas são sementes que desenham a paisagem do mundo", opina Sibélia Zanon.

ISBN 978-85-7279-114-4 • 112 p.

Correspondência e pedidos:

ORDEM DO GRAAL NA TERRA

R. Sete de Setembro, 29.200 – CEP 06845-000
Embu das Artes – SP – BRASIL
Tel./Fax: (11) 4781-0006
www.graal.org.br
e-mail: graal@graal.org.br

Impressão e acabamento:

Ricargraf — Gráfica & Editora